Florence Delay, romancière (notamment prix Femina 1983 pour *Riche et légère*), essayiste, traductrice, est maître de conférences en littérature générale et comparée à l'université de Paris-III et membre de l'Académie française.

Jacques Roubaud, mathématicien, poète, romancier et traducteur, est membre de l'Oulipo depuis 1966. Co-fondateur de l'Alamo avec Paul Braffort et inventeur de plusieurs contraintes telles que le « baobab » et le « haïku oulipien généralisé », il est l'auteur d'une œuvre importante et l'un des traducteurs de la « Bible des écrivains ».

PARTITION ROUGE

Poèmes et chants des Indiens d'Amérique du nord

Introduction, choix
et traduction de
Florence Delay
et Jacques Roubaud

POÉSIE

Éditions du Seuil

TEXTE INTÉGRAL

Les textes rassemblés dans ce volume ont été traduits
par Florence Delay et Jacques Roubaud, sauf mention contraire

ISBN : 978-2-7578-0337-0
(ISBN 2-02-010361-3, 1re publication
ISBN : 2-02-023690-7, 1re publication poche)

INTRODUCTION

1. La rencontre

Un soir de mai 1974, rue de la Harpe, à Paris, le poète américain Jerome Rothenberg fit une lecture. En ce temps-là il y avait peu de lectures de poésie en France et on les faisait chez soi. Une certaine stupeur fut perceptible parmi les quelque vingt assistants quand, de son sac, Rothenberg sortit sa calebasse indienne et commença à l'agiter rythmiquement pour se préparer à exécuter des chants de chevaux qu'il avait empruntés au poète navaho Frank Mitchell. Quelques minutes après, on était parmi les chevaux.

Jerome Rothenberg venait de passer un an, avec sa femme et son fils, dans une réserve seneca au nord de l'État de New York. Les Senecas l'avaient nommé Castor et lui avaient offert, avec le nom, un chant dont le leitmotiv est :

What I need is a good five cents cigar.

La ressemblance entre Rothenberg et le castor est en effet frappante.

En partant il nous laissa le résultat de plusieurs années de travail – et d'un art qui était en train de devenir l'ethnopoétique : *Shaking the Pumpkin* ou *En agitant la calebasse*. Ce livre est à l'origine du nôtre.

Il commençait par quelques paroles qu'une vieille femme keresan adresse au grand linguiste et anthropologue Franz Boas en 1920 :

> Il y a longtemps sa mère
> devait apprendre ce chant ainsi
> tournait-elle sans cesse la meule de ce chant
> les gens du maïs ont un chant eux aussi
> il est très bon
> je refuse de le chanter.

2. Partition

Nous n'avons pas refait *Shaking the Pumpkin*, nous sommes remontés aux sources des poèmes qu'il contient et qui nous ont menés parfois sur d'autres pistes.

On est frappé par un paradoxe : au moment même où les pionniers et l'armée du gouvernement américain entreprenaient main dans la main, avec la conquête de l'Ouest, un génocide, d'autres pionniers inventaient l'anthropologie et recueillaient sur des bouches bientôt frappées de silence les prodigieuses « informations » de cultures en voie de disparition. Cette première génération – ce qu'on pourrait appeler la ligne Boas, la ligne Sapir, la ligne Kroeber – n'est pas encore sourde à la dimension artistique des contes, chants magiques ou poèmes qu'elle recueille. L'ethnologie et la linguistique « pures » n'ont pas encore fait leurs ravages.

Nous voudrions particulièrement saluer dans cette génération un homme et une femme exceptionnels.

Le premier est Washington Matthews. Ce médecin militaire nommé par hasard à Fort Wingate, en 1880, chez les Navahos, passa les vingt dernières années de sa vie à tenter de percer le mystère de ce monument qui, sans lui, eût disparu car il n'est en partie composé que de sable : *le Chant de la nuit* ou *la Nuit des chants*. Par sa passion et son obstination il parvint même à vaincre les réticences du chaman Natloi (le Rieur), qui lui permit l'accès aux cérémonies les plus secrètes. Leur visée n'étant pas artistique mais médicinale, elles sont supposées guérir cécité, surdité, paralysie et folie. Or Washington Matthews mourut sourd et paralysé, victime, selon certains, de la colère du Chant.

Frances Densmore, elle, était musicienne. Dans les premières années de notre siècle, armée d'un phonographe et de rouleaux de cire, elle entreprit un long périple de presque trente ans, de réserve en réserve, notant, enregistrant, traduisant et commentant le fonds magique musical de nombreuses tribus. Ses précieux volumes cartonnés jaunes, réédités dans les années soixante : *Pawnee, Chippewa, Teton sioux, Menominee, Mandan Hidatsa, Papago Music*, sont une mine presque inépuisable.

Le mouvement ethnopoétique n'est pas seulement tourné vers le passé. Il est la route qui recule vers le futur, dirait Sakokwenonkwas. Les années soixante ont vu, on le sait, avec l'American Indian Movement en particulier, la renaissance de la conscience indienne. Le chant, la poésie en sont une dimension aussi essentielle que la marche sur Washington, dite des traités brisés, ou l'occupation du pénitencier désaffecté d'Alcatraz dans la baie de San Francisco. Nous faisons place ici à des contemporains : Samuel Makidemewabe, Jacob Nibénegenesabe, Simon Ortiz.

Un aspect important de la pratique poétique indienne dont il faut essayer de rendre compte est sa dimension orale. Ce qu'on appelle aujourd'hui la poésie de la performance présente de plus fortes analogies avec la parole indienne qu'avec la parole blanche. En effet l'acte de parole indien c'est que le dire est le faire. Les « j'ai dit » « j'ai parlé » des fins de discours de chefs sont autant de traités fermes. La parole blanche, elle, a généralement fait le contraire de ce qu'elle prononçait.

L'écriture poétique du dire est alors une partition. Il faut essayer, dans la mesure du possible, de transcrire les intonations, les silences, distinguer ce qui est crié de ce qui est chuchoté, ce qui est lent de ce qui est rapide et, par-dessus tout, conserver la magie de la répétition ainsi que les syllabes dites non-signifiantes qu'ethnologues et linguistes allégrement supprimaient de leurs études.

Partition rouge est divisé en quatre parties : « Naissances », « Noms », « Métamorphoses », « Médecines ». Parce que quatre est le nombre cosmologique sacré des Indiens de l'Amérique, qu'il y a quatre mondes, quatre directions, quatre saisons, quatre couleurs fondamentales, etc. Mais cette succession n'est ni une progression ni un chemin, c'est un cercle. Elle tourne et regarde sans cesse vers son centre. Il y a quatre directions parce qu'il n'en est qu'une : le début est partout. Il n'y a pas de différence entre le commencement du monde que décrit le poème de l'Émergence (« Naissances ») et la sortie de la maladie sur la piste de la beauté que permet *la Nuit des chants* (« Médecines »).

3. Poésie ?

Deux questions à Simon Ortiz, poète d'Acoma Pueblo.

1. Pourquoi écrivez-vous ?

« Parce que les Indiens racontent toujours une histoire. La seule façon de continuer est de raconter une histoire et c'est ce que Coyote dit. La seule façon de continuer est de raconter une histoire et il n'y a pas d'autre moyen. Vos enfants ne survivront pas si vous ne leur racontez pas quelque chose sur eux-mêmes – comment ils sont nés, comment ils sont venus à l'endroit où ils sont, comment ils y sont toujours. »

2. Pour qui écrivez-vous à part vous-même ?

« Pour mon fils, pour ma femme, pour ma mère et mon père et pour mes grands-parents et après je renverse l'ordre de façon à avoir un bon voyage de retour à la maison. »

Quand Benjamin Péret dut quitter sa maison occupée par les Allemands pendant la Seconde Guerre mondiale, il se réfugia au Mexique. Il y rencontra les Indiens et pour lui, comme pour nous, ce fut une rencontre avec la poésie. Ainsi fut-il le premier en France à publier le *Walam Olum* qui donne son titre à notre livre. Dans l'introduction à son *Anthologie des mythes, légendes et contes populaires d'Amérique*, il précise qu'elle « veut seulement offrir une image aussi saisissante que possible de l'œuvre poétique de ces peuples [...]. Toute intention d'empiéter sur le domaine de l'ethnographie en est absente puisque seul un critère poétique a présidé au choix des textes qui composent cet ouvrage, et ce mode de sélection ne peut être qu'arbitraire du point de vue de toute science ». Ce point de vue est encore le nôtre.

Est-ce celui de tous les Indiens ? Répondant assez vivement à l'entreprise de Jerome Rothenberg, Rarihokwats écrivait :

« S'il est vrai qu'un Américain [disons un Blanc] peut lire les chants sacrés de guérison de la Société des Animaux Mystiques, et même susciter pour soi-même quelque imagerie exotique, il ne saura pas comment guérir par ces chants. C'est peut-être de la poésie, mais cela ne guérit pas – et pour l'homme d'une tribu c'est le contraire qui est vrai. Ceux qui connaissent les secrets anciens savent que les forces de vie peuvent être évoquées et apporter bonne santé et paix de l'âme. Vus par un Occidental, ces chants deviennent papillons, épinglés dans un album par un collectionneur avisé : quelque chose de beau et d'extrêmement mort [...]. C'est pourquoi, si vous vous intéressez à la poésie, *Shaking the Pumpkin* [disons *Partition rouge*] vous offrira des pensées nouvelles, des idées intéressantes. Si vous vous intéressez à l'essence des choses, rassemblez votre famille et vos amis les plus chers et gagnez l'emplacement que vous aurez choisi pour y former votre nouvelle tribu. Lisez un extrait chaque année pendant plusieurs générations. Vos petits-enfants pourront peut-être en saisir le sens et le comparer avec quelques rituels à eux. »

4. Urgence

Rarihokwats nous dit : ce n'est pas de poésie qu'il s'agit mais de médecine. Nous répondons : toute poésie est une médecine.

Nous proposons donc à nos petits-enfants quelques rituels qui ne sont pas les leurs. Cela nous paraît nécessaire car la poésie est en voie de disparition, comme les Indiens. Il nous paraît urgent de tenter de guérir un certain nombre de maladies que favorise son absence.

À un journaliste qui enquêtait sur les besoins des Indiens navahos, l'un d'eux expliqua :

« Je suis un pauvre homme : je ne connais aucun chant. »

F.D. J.R.

I

NAISSANCES

1

Walam Olum (Partition rouge)

L'histoire de la découverte du *Walam Olum* est entourée de mystère. Son « inventeur » (c'est ainsi qu'on nomme les « trouveurs » de trésors) est un zoologue américain d'origine française, Constantin Samuel Rafinesque, un peu savant, un peu charlatan, un peu illuminé, qui reçut, dans des circonstances jamais vraiment élucidées, vers 1819 ou 1820, d'un certain docteur Ward (lui-même inconnu), les bouts de bois gravés en rouge de pictogrammes qui constituent la « partition » de cette sorte de Bible des Lenapes. Un peu plus tard, il acquit, d'un autre individu lui aussi parfaitement inconnu, le texte des chants associés aux images. En 1840, dans son livre *The Good Book*, Rafinesque explique : « À l'époque de ma découverte, je ne connaissais pas la langue des Lenapes, et je ne pus trouver personne pour traduire les chants. Il me fallut donc apprendre leur langue, et ce n'est qu'en 1833 que je parvins à les déchiffrer. »

La personnalité bizarre de Rafinesque, l'imprécision de ses récits, le caractère évidemment fantaisiste de sa « traduction » jetèrent des doutes sur l'authenticité du *Walam Olum*. Ces doutes étaient évidemment favorisés par l'inculture générale de la société américaine, qui ne pouvait concevoir la possibilité d'une œuvre d'une telle ampleur produite par des « sauvages ».

Et cependant le *Walam Olum* a victorieusement résisté à toutes les mises en cause. Après un siècle de recherches anthropologiques et linguistiques, dont une étape essentielle, vers 1880, est l'œuvre de Brinton (que nous utilisons), la monumentale édition d'Indianapolis en 1954 lui a enfin donné toute sa place, comme un des rares « monuments » survivants de la prodigieuse création mythique et poétique des peuples indiens.

Pourtant, le *Walam Olum* semble encore poursuivi de malédiction. Le manuscrit de Rafinesque, contenant une transcription des pictogrammes, accompagnés des « versets » qui les interprètent, était conservé au musée de l'université de Pennsylvanie. Il y a été volé récemment. Aucune bibliothèque européenne ne contient l'édition définitive de 1954. L'exemplaire du livre de Rafinesque où il publia sa découverte, *The American Nations*, a disparu de la British Library à Londres. Peut-être les Lenapes sont-ils en train de reprendre leur héritage.

Les pictogrammes du *Walam Olum* s'apparentent à ceux des Chippewas dans leurs *Chants pour écorce*, avec cette différence que les signes y étaient peints sur des morceaux de bois dur et non des écorces de bouleau. Le titre, *Walam Olum*, indique le mode de conservation et de transmission : les dessins sont une « partition » des chants qu'ils évoquent ; ils sont comme les emblèmes de la Renaissance dont un poème révèle le sens.

Le *Walam Olum* commence avec la création du monde par l'Être Suprême, le Grand Manido. Chaque moment du poème, du chant, est un *double :* le pictogramme est lié à un fragment rythmique de langue, qui lui-même, comme dans le cas des *Chants pour écorce* des Chippewas et des Ojibwas, était selon toute vraisemblance à la fois chanté, mimé et dansé. L'ensemble constituait ainsi une sorte de « poème total » qui était en même temps récit des origines, récit historique, à signification mythique et « médicinale » à la fois, comme *la Nuit des chants* chez les Navahos.

Les cinq « chants » de la bible pictographique mettent en scène l'apparition des êtres, des hommes et des femmes, des animaux qui leur sont familialement et spirituellement liés. On voit ainsi apparaître les oiseaux, les tortues, les animaux bons ou nuisibles, comme les mouches et les serpents ; on voit surtout Nanabush, « grand-père des hommes », qui est une incarnation (une parmi d'innombrables) du « fripon divin », Coyote.

On assiste à la création du monde, à celle du mal. Les hommes survivent au déluge, le temps passe. Ils bougent. Le nom des chefs dit l'histoire, le passage des générations, les batailles, les migrations. Il ne s'agit pas d'une épopée mais plutôt d'une Odyssée en images, en visions brèves, dont la langue est brève, presque aphoristique. Les noms disent à la fois les choses, les événements, et leur sens.

Selon une des plus récentes interprétations de ce texte énigmatique, les auteurs, l'auteur collectif du poème, les Lenapes, une des tribus des Delawares ont, dans le *Walam Olum*, mis en mémoire leur voyage à travers le continent américain, depuis le franchissement du détroit de Behring, vers l'an 400, jusqu'à leur fixation finale, un millénaire plus tard, sur la côte de l'océan Atlantique, à l'Est. Où un jour, qui marque symboliquement et terriblement la fin du poème, ils virent venir les Blancs.

Les fragments reproduits ici comprennent la totalité des « chants » I et II (ce sont les seuls qui se comprennent d'eux-mêmes, sans nécessiter de longs commentaires et paraphrases), suivis de quelques moments, discontinus, du chant V et dernier.

Nous avons suivi comme Benjamin Péret autrefois, la version de Brinton. La « traduction » de l'édition la plus récente et la plus savante, celle de l'équipe des anthropologues de l'Indiana, est peut-être plus exacte, mais elle souffre d'un grave défaut : elle efface entièrement la dimension poétique du texte.

Quatre pictogrammes commentés
de la version d'Indianapolis

La tête avec ses rayons représente le Grand Manido. Le quadrilatère et ses diagonales signifient la division de la terre en quatre « régions » symboliques. Le demi-cercle désigne l'eau.

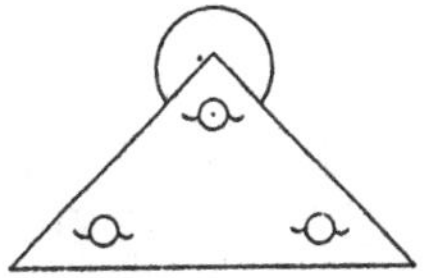

Les petits cercles ailés sont les esprits. Celui du haut est un esprit divin. Le triangle est la figure de l'invisible. Tout en haut, le soleil.

Le cercle du haut indique le caractère divin de l'être ; le long corps, sa puissance. On voit deux êtres mauvais en travers, et les lignes qui se croisent sont signes du mal.

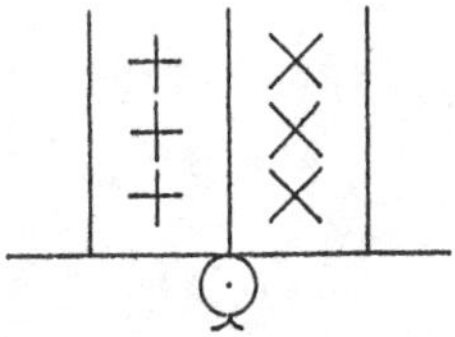

À gauche les mouches, à droite les moustiques. Au-dessous l'emblème du mal, signe de mort.

I.

1. Au commencement, là, de toute éternité, au-dessus de la terre.

2. La nuée s'étendait partout. Le Grand Manido était là.

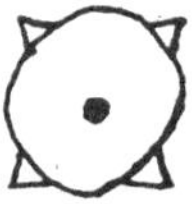

3. Au début, éternel, partout, invisible, le Grand Manido.

4. Il créa la terre immense et le ciel.

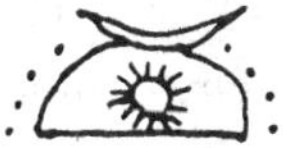

5. Il créa le ciel, la lune, les étoiles.

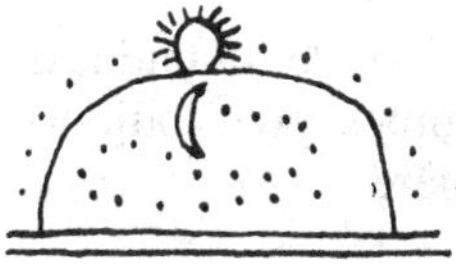

6. Il créa toutes choses pour qu'elles bougent.

7. Le vent souffla. Le ciel s'éclaircit. L'eau se rida.

8. Des îles naquirent, et s'installèrent.

9. Le Grand Manido parla : de manido à manido.

10. À tous les êtres, mortels, âmes, à tous.

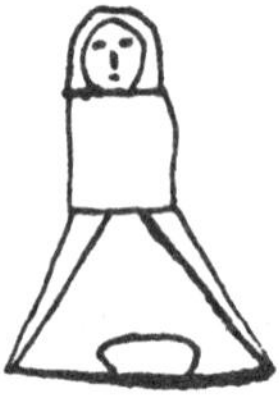

11. Il fut alors le manido de tous les hommes, pour toujours, leur grand-père.

12. Il leur donna la première mère, la mère de tous les êtres.

13. Il donna les poissons, les tortues, les bêtes, les oiseaux.

14. Le mauvais manido créa les êtres mauvais, tous mauvais, des monstres.

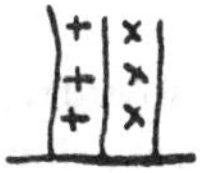

15. Il créa les mouches, les moustiques.

16. Les êtres vivaient en paix.

17. Les manidos étaient actifs et amicaux.

18. Ils étaient bons pour les premiers hommes, pour les premières femmes.

19. Ils leur donnèrent à manger, quand ils commencèrent à vouloir manger.

20. Leur savoir était joyeux, ils avaient du temps, ils étaient heureux.

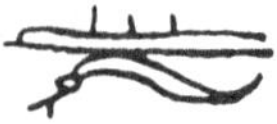

21. Un esprit mauvais, un mauvais chaman, vint en secret sur la terre.

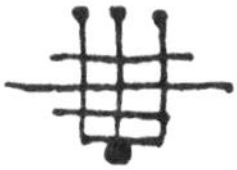

22. Il apporta les disputes, le mal, le malheur.

23. Il apporta le mauvais temps, les maladies, la mort.

24. Tout cela se passait il y a très longtemps, avant le premier déluge, dans les commencements.

II.

1. Il y a bien longtemps il y avait un grand serpent, et des êtres ennemis des hommes.

2. Ce grand serpent détestait les hommes, il se mit à les troubler.

3. Aussitôt ils firent le mal, aussitôt ils se disputèrent entre eux. Ils perdirent la paix.

4. Chassés de chez eux, ils luttèrent contre le grand serpent.

5. La haine du grand serpent pour les hommes grandit.

6. Il créa trois personnes, il créa un monstre, il créa un torrent.

7. L'eau se précipita entre les collines, infiniment rapide, détruisant tout.

8. Nanabush, le grand-père des êtres, le grand-père des hommes, était sur l'île de la Tortue.

9. En marchant, il créait, il passait par là, il inventa la tortue.

10. Les êtres et les hommes marchèrent, ils traversèrent le déluge et les eaux basses, ils descendirent jusqu'à l'île de la Tortue.

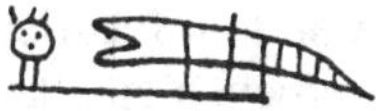

11. Il y avait certains poissons monstres, qui dévorèrent certains d'entre eux.

12. La fille du Manido, dans son canoë, les aidait, aidait tous ceux qui arrivaient.

13. Nanabush, ô Nanabush, grand-père de tous, grand-père des êtres, grand-père des hommes, grand-père de la tortue.

14. Les hommes étaient tous sur la tortue, tortues eux-mêmes, ou presque.

15. Morts de peur sur le dos de la tortue, ils prièrent pour que tout ce qui avait été détruit renaisse.

16. L'eau s'en alla, la terre sécha, les lacs se calmèrent, tout fut silencieux et le grand serpent s'en alla.

V.

39. Celui-qui-se-trompe était le chef. Il se hâtait.

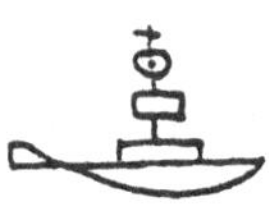

40. Des êtres arrivaient sur la mer de l'Est.

44. Loutre-Blanche fut le chef. Ami des Talamatans.

45. Corne-Blanche fut chef. Il rendit visite aux Talegas.

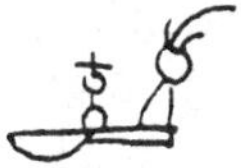

47. Vient-en-ami fut le chef. Il alla vers les Grands Lacs.

48. Il rendit visite à ses enfants, à ses amis.

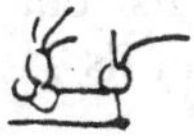

49. Mangeur-d'Airelles fut chef. L'ami des Ottawas.

50. Marcheur-au-Nord fut le chef. Il organisa des fêtes.

51. Lent-à-se-rassembler était chef, sur le rivage.

57. Crabe-Blanc était chef. Ami des rives.

58. Guetteur était le chef. Il regarda vers la mer.

59. Alors, du nord et du sud, les Blancs arrivèrent.

60. Ils sont calmes. Ils ont de grandes choses. Qui sont-ils ?

2

Le poème de l'Émergence

Le premier monde

1. Du blanc se leva à l'est, et ils pensèrent : C'est le jour.

Du bleu se leva au sud, c'était encore le jour pour eux et ils se mirent en marche.

Du jaune se leva à l'ouest, et ils virent que c'était le soir.

Alors du noir se leva au nord. Ils se couchèrent et dormirent.

2. Dans le premier monde, l'eau coulait dans trois directions.

Une rivière coulait vers l'est, une rivière coulait vers le sud, une rivière coulait vers l'ouest.

Il y avait des habitations le long de ces trois rivières.

3. Les fourmis noires vivaient dans ce monde.

Les fourmis rouges vivaient dans ce monde.

Les libellules vivaient là.

Les scarabées d'or, les scarabées durs, vivaient là.

Les scarabées porteurs de pierres, les scarabées noirs, les scarabées-merde-de-coyote vivaient là.

Les chauve-souris vivaient dans ce monde. Les scarabées à visage pâle vivaient dans ce monde.

Les criquets, les criquets blancs vivaient là.

La vie de ces douze peuples commença dans ce monde.

4. À l'est s'étendait un océan. Au sud s'étendait un océan.

À l'ouest s'étendait un océan. Au nord s'étendait un océan.

Dans l'océan de l'Est dormait Tiéholtsodi. Il était le chef des peuples de l'Est.

Dans l'océan du sud vivait Thaltlahale, Héron-Bleu. Il était chef dans le Sud.

Dans l'océan de l'Ouest dormait Tsal, Grenouille. Il était chef des peuples de l'Ouest.

Dans l'océan du Nord il y avait Idni'dsilkai, Tonnerre-Blanc. C'était lui le chef.

5. Ils se disputèrent, et c'est comme ça que ça a commencé. Ils couchèrent les uns avec les autres, et beaucoup de femmes étaient coupables.

Ils essayèrent de s'arrêter, mais ils n'y arrivèrent pas.

Tiéholtsodi, le chef à l'Est, dit : « Que faire d'eux ? Le monde où ils vivent ne leur plaît pas. »

Héron-Bleu, du Sud, leur parla : « Arrêtez », dit-il.

Grenouille, de l'Ouest, leur dit : « Allez-vous-en. C'est moi le chef ici. »

Et Tonnerre-Blanc, dans le pays du Nord leur dit : « Allez-vous-en. Partez immédiatement. »

6. Les femmes en parlèrent entre elles pendant quatre nuits.

À la fin de la quatrième nuit, quelque chose de blanc apparut à l'est. Quelque chose de blanc apparut au sud, puis à l'ouest, puis au nord.

Cela ressemblait à une chaîne de montagnes, ininterrompue, les entourant.

Ce n'était pas une montagne mais de l'eau.

De l'eau infranchissable, de l'eau insurmontable, de l'eau.

Ils se mirent en marche immédiatement.

7. Ils montèrent en spirale jusqu'au ciel. Il était lisse.

Ils regardèrent en bas. L'eau avait tout recouvert, on ne voyait plus que de l'eau.

Suspendus en l'air, ils flottaient, et un être à tête bleue surgit du ciel et leur dit : « Là, à l'Est, il y a un trou. »

8. Ils sortirent du trou et entrèrent dans le deuxième monde.

Le deuxième monde

9. Le deuxième monde était bleu. Le premier monde était rouge.

Le deuxième monde appartenait au peuple des hirondelles.

Le peuple des hirondelles vivait là.

Elles avaient des maisons grossières, informes, éparpillées.

Chaque maison devenait plus étroite vers le haut, et c'est là qu'il y avait un trou. C'était l'entrée.

Elles s'approchèrent en grand nombre et se rassemblèrent autour des étrangers, mais elles ne leur dirent rien.

10. Ils envoyèrent des éclaireurs vers l'est, un criquet et un criquet blanc. Au bout de deux jours les deux criquets retournèrent. Ils dirent qu'ils étaient allés jusqu'au bout de ce monde : c'était une immense falaise au-dessus d'un abîme sans fond. Ils n'avaient vu ni gens, ni animaux, ni arbres, ni herbe, ni buissons de sauge, ni montagnes. Rien. Ce monde était vide vers l'est. Vide et plat.

Ils envoyèrent des éclaireurs vers le sud, vers l'ouest, vers le nord. Ils retournèrent après deux jours et dirent qu'il n'y avait rien. Le deuxième monde était vide, et plat.

Ainsi ils se trouvèrent au centre d'un monde désert. Une plaine vaste, stérile, vide.

Quand les éclaireurs envoyés au nord furent revenus, les hirondelles leur rendirent visite et leur demandèrent pourquoi ils avaient envoyé des éclaireurs à l'est, au sud, à l'ouest et au nord. Et eux répondirent qu'ils voulaient savoir ce qu'il y avait dans ce monde. Et les hirondelles leur dirent : « Si vous nous l'aviez demandé, nous vous l'aurions dit. »

Et les hirondelles dirent : « Nous sommes les seuls habitants de ce monde. »

11. Alors les douze peuples dirent aux hirondelles : « Vous comprenez notre langage et comme nous vous avez des pattes, des pieds, des corps, des têtes et des ailes. Soyons amis. »

« Soyons amis », dirent les hirondelles.

Et aussitôt ils commencèrent à s'appeler frère, sœur, père, fils, et cetera.

12. Pendant vingt-trois jours ils vécurent ensemble tranquillement.

Mais la vingt-quatrième nuit un des étrangers visita la femme du chef hirondelle, et le lendemain, quand il le découvrit, le chef des hirondelles leur dit : « Nous vous avons traités avec bonté, et voilà notre récompense. Nous comprenons que c'est pour de tels crimes que vous avez été chassés du premier monde. Il faut que vous quittiez celui-ci. De plus, il n'y a pas beaucoup à manger ici, et nous préférons le garder pour nous. »

13. En entendant le chef des hirondelles, les criquets s'élevèrent dans les airs, et les autres les suivirent.

14. Ils arrivèrent au ciel du deuxième monde. Il était lisse et dur comme celui du premier. Ils ne virent aucune issue.

Comme ils tournaient en cercles sous le ciel, une tête blanche sortit du ciel et les regarda. C'était Ni'ltsi, le Vent.

Il leur dit que s'ils volaient vers le sud ils trouveraient une ouverture. C'était une fente étroite dans le ciel. Ils s'y glissèrent et sortirent dans le troisième monde.

Le troisième monde

15. La couleur du troisième monde était le jaune.

16. Les sauterelles vivaient là. Elles se rassemblèrent autour des étrangers en grand nombre, mais elles ne dirent rien.

17. Ils envoyèrent des éclaireurs aux quatre coins du troisième monde. Il était vide.

18. Les deux chefs sauterelles vinrent les voir et leur demandèrent ce qu'ils avaient trouvé. Ils dirent qu'il n'y avait rien. « C'est vrai », dirent les chefs sauterelles. « Nous avons habité ce monde très longtemps, et nous n'y avons jamais vu que nous-mêmes. »

19. Alors les étrangers se mêlèrent aux sauterelles, et les sauterelles devinrent leurs frères, leurs mères, leurs grands-pères et leurs cousins.

20. Mais la vingt-quatrième nuit un des étrangers ne put s'empêcher de rendre visite à la femme d'un des chefs sauterelles, et de nouveau ils furent chassés.

21. Ils volèrent jusqu'au ciel du troisième monde. Il était lisse et dur. Une tête rouge sortit du ciel. C'était la tête de Vent-Rouge. Il les regarda et leur montra, à l'ouest, un passage, qui était comme la vrille d'une vigne. C'est le vent rouge qui l'avait creusé dans le sol du ciel.

22. Quatre sauterelles vinrent avec eux : l'une était blanche, la deuxième était bleue, la troisième était jaune, et la quatrième noire. Aujourd'hui encore, il y a des sauterelles de ces quatre couleurs parmi nous.

Le quatrième monde : notre monde

23. Le quatrième monde était blanc et noir. Il y avait du blanc et du noir, et ils étaient mélangés.

Les couleurs du ciel dans le quatrième monde étaient les mêmes que dans les trois autres, mais la durée des couleurs du ciel différait.

Dans le premier monde, le blanc, le bleu, le jaune et le noir avaient tous la même durée.

Dans le second monde, le bleu et le noir duraient un peu plus longtemps que le jaune et le blanc.

Dans le troisième monde, le bleu et le noir duraient plus longtemps encore.

Dans le quatrième monde, il ne restait qu'un peu de blanc, qu'un peu de jaune. Le bleu et le noir occupaient presque toute la durée du jour.

24. Il n'y avait encore ni soleil, ni lune, ni étoiles.

25. Ils entrèrent dans le quatrième monde et ne virent rien de vivant.

Là-bas, au loin sur l'horizon, ils aperçurent quatre grands pics couverts de neige : un à l'est, un au sud, un à l'ouest, un au nord.

26. Ils envoyèrent des éclaireurs à l'est, mais ils ne découvrirent rien.

27. Ils envoyèrent des éclaireurs à l'ouest. Ils ne virent aucune créature vivante, mais ils découvrirent des traces, semblables à celles que laissent le daim et la dinde aujourd'hui.

28. Les éclaireurs de l'ouest revinrent sans avoir rien vu.

29. Enfin les éclaireurs du nord retournèrent, ils dirent qu'ils avaient découvert un peuple étrange : ils avaient les cheveux coupés droit sur le devant. Ils vivaient dans des maisons creusées dans le sol et cultivaient des champs. Les hommes du peuple étrange étaient très aimables et leur avaient donné de la nourriture.

30. Il apparut clairement que ce monde, le quatrième, était plus vaste que les mondes d'en dessous.

31. Tard dans l'automne ils entendirent à l'est une grande voix. Ils écoutèrent, et de nouveau ils entendirent une grande voix.

Ils l'entendirent encore, et encore.

Ils l'entendirent plus forte et plus proche chaque fois.

32. Quatre êtres alors leur apparurent.

Le premier être était Corps-Blanc, un être en tout point semblable à Hastshéyalti, notre dieu.

Le deuxième être était Corps-Bleu, un être en tout point semblable au dieu To'nenili, dieu des eaux.

Le troisième être était Corps-Jaune.

Et le quatrième, Corps-Noir, était semblable au dieu du feu, dont le nom aujourd'hui est Hastshézhini.

33. Et les êtres leur dirent :

« Nous voulons créer un nouveau peuple, qui nous ressemble.

« Vous avez un corps, comme nous, mais vous avez des dents, des pieds, des griffes de bêtes. Nous voulons créer des êtres avec des mains, comme nous.

« Vous êtes sales, vous sentez mauvais. Lavez-vous. Nous reviendrons dans douze jours. »

34. Le matin du douzième jour, les douze peuples se lavèrent.

Les femmes se séchèrent avec de la farine jaune. Les hommes avec de la farine blanche.

Alors ils entendirent la voix des dieux qui approchaient.

Corps-Bleu et Corps-Noir portaient chacun une peau sacrée.

Corps-Blanc portait deux épis de maïs, un épi blanc, un épi jaune.

Corps-Jaune ne portait rien.

35. Les dieux étendirent une peau de bête sur le sol, la tête était tournée vers l'ouest.

Sur la peau ils placèrent les deux épis, la pointe des épis vers l'est, et ils les couvrirent de la deuxième peau.

Ils dirent à tous de s'éloigner pour laisser venir le vent.

Le vent blanc souffla de l'est, le vent jaune de l'ouest, entre les peaux, sur les épis.

36. Les deux vents soufflèrent, et huit êtres du peuple des mirages firent quatre fois le tour des peaux, et les plumes d'aigle qui les séparaient bougèrent.

37. On enleva les peaux. Premier Homme et Première Femme étaient là.

Ce fut le vent qui leur donna la vie. C'est le vent qui souffle dans nos bouches maintenant qui nous donne la vie. Quand il cesse de souffler, nous mourons. Le bout de nos doigts porte la trace du vent, et par lui nous voyons dans quelle direction allait leur souffle lorsqu'ils furent nés.

Navahos.

3

Seconde Genèse (Danse des esprits)

Danser est sacré. Tout l'était.

ma patte est sacrée
tout est sacré
ma patte
tout est sacré

danse le chasseur sioux devenu ours.

Le peintre Georges Catlin, qu'admirait Baudelaire, un des premiers voyageurs de l'Ouest américain à l'époque où ce dernier n'était pas encore pris dans la toile d'araignée des chemins de fer, libre donc de l'homme blanc, crut perdre l'ouïe chez les Mandans aux jours de la danse du bison. Elle se célébrait, comme dans toute tribu pratiquant la chasse pour vivre, avant cette chasse, pour faire venir le bison. Les danseurs, armés de leur arc ou de leur lance, la tête recouverte d'un masque de bison, imitaient leur aïeul, jusqu'à ce qu'il vienne. Cela pouvait prendre une, deux, trois semaines. Au son des tambours, des grelots, des hochets, les Mandans martelaient le sol, grognant et chantant nuit et jour, des groupes de danseurs reposés toujours prêts à prendre la relève, jusqu'à ce qu'un des guetteurs, posté sur la colline, aperçoive au loin la troupe des parents sauvages accourant.

« Le bison nous donnait presque tout, explique Tahca Ushte dans *De mémoire indienne*, ce dont nous avions besoin. Sans lui nous n'étions rien. Nos tipis c'était sa peau. Sa dépouille, notre lit, notre couverture, notre vêtement d'hiver. Il était dans la nuit le battement du tambour sioux, vivant et saint. De sa peau aussi, nous faisions notre gourde. Sa chair nous donnait de la force, devenait chair de notre chair. Rien de lui n'était perdu. Son estomac, une pierre chauffée au rouge à l'intérieur, nous procurait le chaudron de la soupe. Ses cornes, nos cuillers ; ses os, nos couteaux ainsi que les alènes et les aiguilles de nos femmes. Ses tendons, les cordes de nos arcs et le fil. Ses côtes, des traîneaux ; ses sabots, des hochets pour nos enfants. Son crâne puissant, le calumet appuyé contre lui, était notre autel sacré. Le plus grand de tous les Sioux s'appelait Tatanka Iyotake – Sitting Bull. Quand vous tuez le bison, vous tuez aussi l'Indien, le vrai Indien. »

C'est ce que firent les Blancs au XIXe siècle.

On dansait pour faire venir le bison, pour faire venir l'ours ou le caribou, on dansait chez les chasseurs. Chez les agriculteurs, on dansait pour faire venir la pluie, pour que s'assemblent les nuages sombres, pour qu'avec ses mocassins de nuages sombres, ses jambières de nuages sombres, sa chemise de nuage sombre, sa coiffe de nuage sombre tombe l'enfant-pluie (Navahos). On dansait pour guérir, des maladies de l'âme, de la folie, du mal qui est de s'accomplir en dehors de la beauté.

Ils dansaient.

Et quand le dernier espoir fut perdu, quand l'Ouest fut entièrement « pacifié » dans la toile d'araignée de l'homme blanc, quand presque tous les guerriers furent morts ou enfermés dans les réserves, on dansa pour retrouver l'espoir. Et on le retrouva.

1890. La conquête de l'Ouest était pratiquement terminée. De l'immense pays des Sioux, il ne restait plus que dix réserves, où la misère était grande. La famine menaçait. Le vieux chef hunkpapa sioux, Sitting Bull, de retour du Canada, vivait pacifiquement dans la réserve de Standing Rock. C'est alors que se répandit la rumeur : un Païute du Nevada, Wanekia, Celui-qui-fait-vivre, connu aussi sous le nom de Wovoka, annonçait le retour des bisons, le retour des guerriers morts et la fin prochaine des Blancs.

Le père de Wovoka, chaman de sa tribu, avait déjà reçu une vision du Grand Esprit lui annonçant que, si les Indiens dansaient, les bisons et la puissance reviendraient. Son fils, élevé par des fermiers américains sous le nom de Jack Wilson (troisième nom !), reprit l'enseignement paternel. Et sa mission fut confirmée par une vision, lors de l'éclipse de soleil de 1888 :

« Lorsque le soleil mourut, je montai dans les cieux et rencontrai le Grand Esprit ainsi que tous ceux qui sont morts depuis longtemps. Le Grand Esprit m'ordonna de redescendre sur terre et de recommander à mon peuple d'être bon, de s'aimer les uns les autres, de ne pas se battre, ni de voler, ni de mentir. Et il me donna une danse pour mon peuple. »

Wovoka prêchait la non-violence et la fraternité, mais très vite sa danse, Ghost Dance, Danse des esprits, Danse des fantômes, prit en se propageant un sens belliqueux ouvertement dirigé contre les Blancs. Deux *medecine-men* sioux, Kicking Bear et Short Bull, à l'autre bout de l'Amérique, montèrent pour la première fois sur le cheval de fer afin d'aller rencontrer celui qu'on identifiait avec le Christ ressuscité en Indien. Ils l'écoutèrent et ils apprirent sa danse.

Voici ce qu'entendit Luther Standing Bear, chef des Oglalas sioux, dans les paroles de Wovoka :

« Il nous a dit que nous allions avoir une nouvelle terre, que l'ancienne terre serait recouverte et que, pendant ce temps-là, nous devions danser afin de demeurer à la surface de la boue. Il nous a dit que tous les hommes blancs seraient recouverts parce qu'ils ne croyaient pas [...]. Il a dit que tout le peuple blanc serait détruit. Il nous a appris un chant à chanter pendant la danse. »

Alors, Tahca Ushte, Cerf-Boiteux, n'était pas encore né. Mais les paroles du prophète se transmettent et demeurent dans la mémoire indienne :

« Le prophète avait dit que, par le pouvoir de la danse du fantôme, la terre s'enroulerait à la façon d'un tapis, emportant toutes les œuvres de l'homme blanc – les clôtures des campagnes, les villes minières avec leurs lupanars, les usines, les fermes avec leurs animaux contre nature et qui empestent, les voies ferrées et les poteaux télégraphiques.

« Et sous ce monde blanc enroulé pour de bon, nous retrouverions la prairie et ses fleurs, non contaminée, avec ses hordes de bisons et d'antilopes, ses nuages d'oiseaux, donnés à tous, réjouissance commune. »

Dans toutes les réserves, les Indiens se mirent à danser pour retrouver la confiance et la force. La Ghost Dance arriva chez les anciennes tribus belliqueuses des Plaines : les Sioux, les Cheyennes, les Kiowas, les Arapahos. Ils revêtirent pour la danse des chemises-médecine, des chemises peintes sacrées qui résistaient, croyaient-ils, à l'épreuve des balles. Comme les Sioux n'avaient plus de cerfs dans leurs réserves, ils taillaient ces chemises dans du coton indien ou dans des sacs de farine. Les tribus du Sud, en Oklahoma, les taillaient dans des peaux de wapiti, de daim, d'antilope. L'Oiseau-Tonnerre y était peint, ailes déployées, surmonté d'un arc-en-ciel. Des hampes de plumes d'aigle et d'autres oiseaux, des perles bleues et des grelots complétaient le costume. Les admirables chemises mystiques sont aujourd'hui immobiles dans les musées.

Les danseurs se disposaient en cercle, refermant ainsi le cercle de la nation. Les mains jointes, ils se balançaient vers la gauche, chantant les chants sacrés donnés par le Grand Esprit, dansant jusqu'à la frénésie, jusqu'à l'extase. Ils dansaient jusqu'à l'évanouissement, jusqu'à tomber d'épuisement. Et chez les Minneconjous, où la plupart des hommes étaient morts, c'étaient les femmes qui dansaient. De retour dans le Dakota, Short Bull avait introduit la Danse à Rosebud ; Kicking Bear la fit connaître aux Indiens de Cheyenne River, et, en octobre 1890, il fut convoqué à Standing Rock par Sitting Bull en personne. Pour la première fois, le chef spirituel de la nation sioux voulait savoir et il écouta. On dit que Taureau-Assis ne crut pas à tout ce que rapportait Ours-Bondissant. Il avait surtout entendu dire que certains agents faisaient venir des soldats pour mettre fin à ces cérémonies, que les Blancs, inquiets, parlaient d'interdiction. Mais Ours-Bondissant affirma que, revêtus des vêtements sacrés, les Indiens ne craignaient rien et que les balles des soldats ne pénétreraient pas la chemise des esprits. Le vieux chef autorisa son peuple à danser. Des forces de police se mirent en marche. Kicking Bear fut expulsé de la réserve. On n'osait pas encore toucher à Sitting Bull, le plus fameux des Indiens vivants.

Mi-novembre, la Danse des esprits s'était substituée à toute autre activité dans la plupart des réserves. L'agent de Pine Ridge télégraphiait à Washington :

« Les Indiens dansent dans la neige et se comportent comme des sauvages et des fous. Nous avons besoin de protection, et sans délai. Il faudrait arrêter les chefs et les enfermer dans quelque poste militaire jusqu'à ce que l'affaire soit calmée. Il faut agir tout de suite. »

En quelques jours, le clan des fidèles de Short Bull s'était augmenté de trois mille Indiens. Short Bull leur disait de ne pas craindre les soldats si ceux-ci venaient troubler la Danse :

« Leurs chevaux s'enfonceront dans la terre. Les cavaliers sauteront de leurs selles et ils seront également ensevelis. »

À l'aube du 15 décembre 1890, quarante-trois policiers indiens cernèrent la cabane de Sitting Bull. Le vieux chef dormait. Le lieutenant de police indien, Bull Head, lui intima l'ordre de le suivre. La foule menaçante des danseurs se rassembla autour de la cabane. L'un d'eux tira sur le policier, qui, en s'effondrant, tenta de le viser. La balle atteignit Sitting Bull. Aussitôt, le policier Red Tomahawk acheva la besogne d'une balle dans la tête.

On dit qu'au cours de la fusillade le vieux cheval de cirque que Buffalo Bill avait offert au chef sioux, Old Glory, se dressa sur son arrière-train, leva un sabot et donna l'impression à ceux qui le regardaient qu'il dansait la Danse des esprits.

Quinze jours plus tard, à l'aube, il neigeait, l'armée abattit l'ultime bande – des vieillards, des femmes, des enfants – qui s'en allait rejoindre les derniers danseurs. Ce fut le massacre de Wounded Knee. Le très vieux chef Big Foot gela au point de sa chute. La Danse des esprits est enterrée à Wounded Knee.

1. Prière à la nature pour qu'elle rejoigne les hommes

Brouillard ! Brouillard !
Éclair ! Éclair !
Tourbillon ! Tourbillon !

2. Le vent s'élève d'abord sur les hauteurs

La poussière dans le tourbillon
La poussière dans le tourbillon
La poussière dans le tourbillon
Le tourbillon sur la montagne
Le tourbillon sur la montagne

3. Puis vibre sur les rocs

Les rocs sonnent
Les rocs sonnent
Les rocs sonnent
Ils sonnent dans les montagnes
Ils sonnent dans les montagnes
Ils sonnent dans les montagnes

4. Et brise leur résistance

Le roc noir Le roc noir
Le roc noir Le roc noir
Le roc est brisé Le roc est brisé
Le roc est brisé Le roc est brisé

5. À la vitesse du vent, secrète comme la neige, une terre nouvelle couvre l'ancienne

Le tourbillon ! Le tourbillon !
Le tourbillon ! Le tourbillon !
La terre neigeuse arrive en glissant
La terre neigeuse arrive en glissant
La terre neigeuse arrive en glissant

6. Une végétation nouvelle couvre la terre

Les peupliers poussent haut
Les peupliers poussent haut
Les peupliers poussent haut
Ils poussent haut et verts
Ils poussent haut et verts
Ils poussent haut et verts

7. Toutes les créatures se partagent à nouveau la terre dans la joie

Une svelte antilope Une svelte antilope
Une svelte antilope Une svelte antilope
Se roule sur le sol Se roule sur le sol
Se roule sur le sol Se roule sur le sol

Païutes.

Prière pour accélérer les choses.

1. Cela se passera ainsi :

Le père descendra
Le père descendra
La terre tremblera
La terre tremblera
Tous se lèveront
Tous se lèveront
Tendez les mains
Tendez les mains

2. Les vivants et les morts seront un

Le père me montre le chemin
Le père me montre le chemin
Je suis venu voir mes amis
Je suis venu voir mes amis
Je suis venu voir les danses
Je suis venu voir les danses

3. Ce sera la tâche du père, pas celle de l'homme

L'armée des esprits approche
L'armée des esprits approche
Le monde entier va de l'avant
Le monde entier va de l'avant
Chacun est debout et regarde
Chacun est debout et regarde
Prions

4. Le père aura pitié du plus humble

Mon père est plein de pitié pour nous
Mon père est plein de pitié pour nous
Je tends mes mains vers lui en pleurant
Je tends mes mains vers lui en pleurant
Dans ma pauvreté je tends mes mains
Dans ma pauvreté je tends mes mains

5. Le plus humble aura pitié aussi

Parce que je suis pauvre
Parce que je suis pauvre
Je prie pour toutes les créatures du monde
Je prie pour toutes les créatures du monde

6. Les coutumes anciennes reviendront

Il me fait danser avec des flèches
Il me fait danser avec des flèches
Il dit que l'arc est mon père
Il dit que l'arc est mon père
Grand-mère, continue !

7. Je crois que c'est en train d'arriver

La légion des esprits avance, dit-on
La légion des esprits avance, dit-on
Ils viennent avec le bison, dit-on
Ils viennent avec le bison, dit-on
Ils viennent avec la terre nouvelle, dit-on
Ils viennent avec la terre nouvelle, dit-on

8. Et j'attends avec le vent et l'espoir

Le vent
Ce vent
Secoue mon tipi
Secoue mon tipi
Et chante ce chant pour moi
Et chante ce chant pour moi

Kiowas.

1. Mes enfants
Au début j'aimais les Blancs
Je leur donnais des fruits
Je leur donnais des fruits

2. Père aie pitié de moi
Je pleure de soif
Il n'y a plus rien
Je n'ai rien à manger

3. Le père descendra
La terre tremblera
Ils se lèveront tous
Tendez vos mains

4. Le corbeau ehé ! eyé !
Je l'ai vu quand il descendait
Vers la terre vers la terre
Il nous a redonné vie
Il a eu pitié de nous

5. Je fais des cercles autour
Des extrémités de la terre
J'ai mis mes grandes plumes
Je vole

6. I'yehé ! mes enfants
Mes enfants
Quelle désolation !
Les Blancs sont fous ! ahé ! yuhé ! yu !

7. Nous revivrons
Nous revivrons

Indiens des Plaines.

1. Mon père Mon père
En me faisant visiter
En me faisant visiter
Il s'est changé en orignal
Il s'est changé en orignal

2. Mon père ne m'a pas reconnu
Mon père ne m'a pas reconnu
Quand il m'a regardé de nouveau
Quand il m'a regardé de nouveau
Il a dit : Tu es un fils de corbeau
Il a dit : Tu es un fils de corbeau

3. Mon père Mon père
Je le regarde
Je le regarde
Il commence à se changer en oiseau

4. Mes enfants Mes enfants
Voyez ! La terre va bouger
La terre va bouger
C'est mon père qui le dit
C'est mon père qui le dit

5. Le monde entier est en marche
Une nation est en marche
Une nation est en marche
L'aigle a porté le message à la tribu
C'est le père qui le dit
C'est le père qui le dit

6. Du monde entier ils arrivent
Les bisons arrivent
Les bisons arrivent
Le corbeau a porté le message à la tribu
C'est le père qui le dit
C'est le père qui le dit

Arapahos.

1. Le père a commandé
Le chant
Sur toute la terre
Dites-le
Dites-le
Allez le dire partout

2. Mère reviens
Mère reviens
Mon petit frère te cherche en pleurant
Mon petit frère te cherche en pleurant
Mère reviens Mère reviens
Dit le père

3. Ehé ! eyé !
Maintenant je mange
Maintenant je mange
Je mange du pemmican
Du pemmican

Dakotas.

Chant de Chef-Aigle expliqué par lui-même :

En rêve, Chef-Aigle vit s'étendre au-dessus de lui le ciel avec toutes ses étoiles aussi nombreuses que celles du drapeau américain. Le chant qu'il entendit dans son rêve chante le ciel comme un drapeau.

Je l'ai vu oui je l'ai vu
Je l'ai vu oui je l'ai vu
La belle étoffe qui flotte en l'air

Chant expliqué par Soleil-Levant :

L'esprit de Tiwana rejoignit une femme pendant la Danse des esprits et entra en elle. Depuis sa transe nous lui demandons de danser avec nous.

Ah sœur chérie
Ah sœur chérie
Le père
maintenant   te connaît
Le père   maintenant
te connaît

Chant expliqué par Soleil-Levant :

Les danseurs se réunissent au coucher du soleil et dansent toute la nuit jusqu'au lever de l'étoile du Matin. Le peuple pawnee ressent profondément les choses. Parfois l'esprit de l'homme, mu et ému par la tombée de la nuit, se sent contraint de l'exprimer. Il pousse alors le cri du corbeau, l'oiseau sacré de la Danse des esprits.

Ah mon esprit est ému
par la tombée de la nuit
Croa Croa   je crie comme le corbeau
Croa Croa   je crie comme le corbeau
Nous attendons l'étoile
L'étoile qui viendra

Chant expliqué par Jeune-Chef :

Quand les danseurs commencent à se fatiguer, que le chant faiblit, quand on dirait qu'il va s'arrêter, quelqu'un lance un nouveau couplet. Tant qu'il y a de nouveaux couplets, la danse continue.

Elle vient   Elle vient
L'étoile du Soir   Elle vient
L'étoile du Soir   Elle vient

Elles viennent   Elles viennent
Les étoiles du soir   Elles viennent
Les étoiles du soir   Elles viennent

Elle vient   Elle vient
Mère la Lune   Elle vient
Mère la Lune   Elle vient

Elle vient Elle vient
L'étoile du Matin Elle vient
L'étoile du Matin Elle vient

Il vient Il vient
Père le Soleil Il vient
Père le Soleil Il vient

Elle vient Elle vient
L'étoile du Soir Elle vient

Pawnees.

II

NOMS

4

Dire le nom

Dire le nom, c'est commencer une histoire.
SAMUEL MAKIDEMEWABE.

Quand ils étaient seuls

Quand ils étaient seuls sur la terre, ils se nommaient eux-mêmes.

(Cheyennes)	Les Hommes
(Pawnees)	Les Plus Hommes des Hommes
(Lenapes)	Les Hommes Vrais
(Apaches)	Le Peuple
(Hopis)	Le Peuple Pacifique
(Arapahos)	Notre Peuple
(Mandans)	Le Peuple sur la Rive
(Winnebagos)	Le Peuple de l'Eau-Boueuse
(Cherokees)	Le Peuple des Cavernes
(Sauks)	Le Peuple de la Terre-Jaune
(Foxes)	Le Peuple de la Terre-Rouge

(Tetons)	Ceux-qui-habitent-la-Prairie
(Hunkpapas)	Ceux-qui-campent-à-l'entrée
(Kiowas)	Ceux-qui-sortent
(Iowas)	Ceux-qui-dorment
(Omahas)	Ceux-qui-vont-contre-le-vent

Quand ils ne furent plus seuls

Quand ils ne furent plus seuls, les Blancs, les marchands, les trappeurs, les voyageurs, les jésuites les nommèrent.

Parfois ils les nommèrent d'un trait jugé distinctif.

Ceux qui faisaient commerce de fourrure de castors avec la Compagnie de la Baie d'Hudson furent : *Castors des Prairies*.

Ceux qui posaient leurs deux mains sur le ventre pour signifier qu'ils avaient faim : *Gros-Ventres*.

Ceux dont les mocassins enfumés par la cendre des feux de prairie devenaient noirs : *Pieds-Noirs*.

Ceux dont les ailes du nez s'ornaient de petits coquillages : *Nez-Percés*.

Ceux qui brûlaient des maladies venues d'Europe : *Brûlés*.

Ceux qui étaient de bons vanniers : *Jicarillas* (en mexicain : petits paniers).

Parfois ils les nommèrent en déformant le nom que leur donnaient leurs ennemis.

Apachus, « ennemi », en zuni : *Apaches.*

Nado-wis-sue, « petit serpent », en chippewa, prononcé « nadouessioux », puis abrégé par les Français au XVIIe siècle : *Sioux.*

Sha hi'ye na, « ceux qui parlent en langue étrangère », en sioux : *Cheyennes.*

U'sin'upwäwa, « ceux qui font leur cuisine sur les pierres chaudes », en chippewa : *Assiniboines.*

Hatirontak, « mangeurs d'arbres », en iroquois, désignait des Algonquins pauvres qui mangeaient, dans les périodes de famine, l'écorce intérieure des pins, des trembles ou des bouleaux : *Adirondack.*

« *Ogalala* », « *ogalallah* », « *o'gall* », « *ogallah* », « *o-gla'la* », « les guerriers qui se mettent en déroute eux-mêmes » : *Oglalas.*

Qu'ont pensé les élégants guerriers *Crows* (corbeaux) de leur surnom : « Les Beaux Brummels de la Prairie » ?

Aujourd'hui

Aujourd'hui, leurs noms ont pour tombeaux…

des lacs :

Érié (Peuple du Chat)
Huron

des montagnes :

Adirondacks

des États des USA :

Alabama Arizona Colorado Dakota Iowa
Illinois Kansas Massachusetts Utah

« Les noms de personne sont symboles d'un grand pouvoir. Pas Charles, Dick ou George, il ne s'attache pas grand pouvoir à ces noms. Mais Nuage-Rouge, Élan-Noir, Tourbillon, Deux-Lunes, Cerf-Boiteux, ces noms-là sont en relation avec le Grand Esprit. »

TAHCA USHTE ou CERF-BOITEUX.

Famille Bull

Lors d'une expédition de chasse, Returns Again (Revient-Encore), medecine-man hunkpapa sioux, reçut la visite d'un bison divin qui lui donna quatre noms :

Sitting Bull	Taureau-Assis
Jumping Bull	Taureau-Bondissant
Bull Standing With a Cow	Taureau-debout-avec-une-vache
Lone Bull	Taureau-Solitaire

Il prit pour lui le premier des quatre mais lorsque son fils Slow (Lent) eut marqué, à quatorze ans, son premier coup contre un guerrier crow, il le lui offrit comme étant le plus sacré et adopta pour lui-même le second. À Chief Joseph White Bull et à Chief Henry Oscar One Bull, ses neveux, il légua les deux autres.

Deux chants de guerre de Sitting Bull :

Jeunes gens aidez-moi aidez-moi
j'aime mon pays
c'est pourquoi je me bats

Aucune chance que je vive
Mère, commence à pleurer

Sitting Bull partage avec Crazy Horse l'honneur de la victoire de Little Big Horn. Mais on raconte que, pendant cette bataille où Sioux et Cheyennes écrasèrent le 7e de cavalerie du général Custer, il demeura à l'écart, sur une colline, à prier ses esprits.

Un jour il entendit un loup qui hurlait le chant de sa féroce solitude. Il l'écouta et pensant que le loup lui adressait personnellement un avis, qui était bon, il composa ce chant :

Je suis un loup solitaire qui erre très près de par le monde, hé hé hé hé.
Qu'est-ce qu'il se passe ? Les temps sont durs pour moi, ami.
Ce que je te dis c'est pour que tu le fasses.
Tout ce que je veux je l'obtiens.
Ton nom sera aussi grand que le mien, hou hou hou hou.

Son meurtre, à l'aube, dans la réserve de Standing Rock, marque la fin de l'espoir ultime provoqué par la Danse des esprits.

White Bull, cousin du précédent, héritier du troisième nom donné par le bison du rêve de Jumping Bull son oncle, révéla à l'âge de quatre-vingt-deux ans, plus d'un demi-siècle après la bataille, que c'était lui qui avait tué le général Custer. Beaucoup de Sioux revendiquent cet honneur.

Chevaux

White Horse	Cheval-Blanc
American Horse	Cheval-Américain
Old Man Afraid of his Horse	Vieil-homme-effrayé-par-son-cheval
Young Man Afraid of his Horse	Jeune homme n'étant pas du tout effrayé par son cheval, au contraire, si brave et si redouté qu'à la seule vue de son cheval ses ennemis apeurés prenaient la fuite.
Iron Horse	Cheval-de-Fer attaquait le cheval de fer. La construction des voies ferrées, qui suivaient les pistes des bisons, mit fin à la liberté des Indiens des Plaines.
Crazy Horse	Le plus grand chef de guerre des Sioux hunkpatilas oglalas, vainqueur du général Crook sur la Rosebud River puis de Custer sur la Little Big Horn River, reçut son nom d'une vision. Son père avait eu la même, mais, s'inclinant devant le vœu des esprits, il laissa à son fils ce nom très désirable et prit dorénavant pour lui-même celui moins désirable de Ver-de-Terre. « Ami, pourquoi veux-tu raccourcir mon existence en m'enlevant mon ombre ? » répondait Cheval-Fou à ceux qui demandaient à le photographier. Aussi n'existe-t-il aucune image de lui. Après s'être rendu en mai 1877 au général Crook à Camp Robinson, Crazy Horse y fut tué, en septembre, d'un coup de baïonnette dans le ventre. Son père alors, ayant embaumé, exposé et veillé le corps trois jours et trois nuits, reprit le nom.

Coups

Bloody Hand	Main-Sanglante
White Man Runs Him	Court-devant-le-Blanc
He Kills First	Commence-par-tuer
Strong Left Hand	Grande-Main-Gauche
Ouray the Arrow	Ouray-la-Flèche
Struck With a Tomahawk	Frappé-par-un-tomahawk
Rain in the Face	Peignait son visage pour la guerre moitié en rouge moitié en noir. La pluie l'ayant frappé au soir d'un combat, son visage en fut tout rayé de noir et de rouge. Aussi les siens dirent-ils en le voyant : « Son visage est comme la tempête », qui fut simplifié en Pluie-au-Visage.
Plenty Coups	Il ne s'agissait pas, entre Indiens, de tuer son adversaire armé, seulement de le toucher avec un bâton à *coups* (mot emprunté aux trappeurs français). Dans l'ordre de la chevalerie Beaucoup-de-Coups eût été roi des Cent-Chevaliers.

Pris au ciel

Black Moon	Lune-Noire
Two Moons	Deux-Lunes
White Eagle	Aigle-Blanc
Wing Eagle	Aile-d'Aigle

Spotted Eagle	Aigle-Tacheté
Flying Bird	Oiseau-qui-vole
Kicking Bird	Oiseau-qui-donne-des-coups-de-pied, Kiowa trop ami des Blancs, mourut empoisonné.
Flying Hawk	Rejoignit à la fin de sa vie le cirque de Buffalo Bill, « le grand show de l'Ouest ».
Black Hawk	Chef des Sauks et des Foxes, Faucon-Noir, lors de sa reddition à Prairie du Chien en 1832, fit d'abord ses adieux à sa nation puis à lui-même.
Little Crow	Faucon-sacré-qui-vient-en-marchant, simplifié en Petit-Corbeau, Santee sioux, petit-fils de Petit-Tonnerre et fils de Petit-Corbeau l'Ancien, surnommé au traité de Mendota Son-peuple-est-rouge.
Touch the Clouds	Le plus haut chef minniconjou, Atteint-les-nuages mesurait plus de deux mètres.
Red Cloud	Fils de Lone Man (Homme-Seul) et de Walks as She Thinks (Marche-en-pensant), appelé Nuage-Rouge par les Oglalas parce qu'il naquit l'hiver où une étoile de feu traversa le ciel en le rougissant. La position des plumes dans sa coiffe témoignait de quatre-vingts « coups », ou exploits.
Roaring Cloud	Frère jumeau du précédent, fut appelé Nuage-Rugissant parce que le météore, en passant, avait fait un grand bruit.

Pris à la terre

Big Road	Grande-Route
Black Beaver	Castor-Noir
Sleeping Rabbit	Lapin-endormi
Mad Bear	Ours-Fou
Sitting Bear	Ours-Assis
Standing Bear	Ours-Debout
Luther Standing Bear	Luther Ours-Debout
Satanta White Bear	Le plus grand orateur des Plaines. Il se suicida dans sa prison du Texas en se jetant par la fenêtre.
Kicking Bear	Ours-qui-donne-des-coups-de-pied répandit dans les réserves la Danse des esprits.
Black Elk	Reçut son pouvoir et son nom d'Élan-Noir d'une grande vision qu'il eut à l'âge de neuf ans.
Lone Wolf	Le père et le fils se nomment Ours-Solitaire.
Spotted Tail	Queue-Tachetée, nommé par Washington chef de toutes les réserves et agences sioux, et étant intervenu dans la reddition de son neveu Crazy Horse, fut assassiné par Chien-Corbeau près de l'agence de Rosebud.
White Antelope	Pendant le massacre de Sand Creek chanta, debout, son chant de mort : Rien ne vit longtemps sauf la terre et les montagnes.

Et aussi

Big Mouth	Grande-Gueule.
Roman Nose	Nez-Romain, surnom de Blancs, son nom cheyenne étant Chauve-souris.
Dull Knife	Couteau-Émoussé, surnom de Sioux, son nom cheyenne étant Étoile-du-Matin.
Black Kettle	Bouilloire-Noire, chef des Cheyennes du Sud, le plus malheureux homme des Plaines car il aimait la paix. S'il échappa au massacre de Sand Creek, il fut tué en défendant son camp sur la Washita River contre le 7e régiment.
Quanah Parker	Odorant (du comanche *kwaina*) uni au nom de sa mère, Cynthia Parker, esclave blanche.

Et toujours

Cochise	Jamais photographié.
Geronimo	Le plus photographié.
Joseph the Younger	Parce que les Blancs avaient surnommé son père Vieux-Joseph. Chef Joseph au cœur brisé des Nez-Percés, dont le vrai nom, diversement interprété, contient le tonnerre : Tonnerre-de-l'eau-se-déversant-sur-la-terre, ayant dirigé sur mille six cents kilomètres la retraite de son peuple, prononça, quand il fut contraint de se rendre, ces paroles fameuses :

« Je suis fatigué de combattre. Nos chefs sont morts. Le chef Looking Glass (Miroir) est mort. Ce sont les hommes jeunes qui disent oui ou non. Celui qui conduisait les hommes jeunes est mort. Il fait froid et nous n'avons pas de couvertures. Les petits enfants meurent de froid. Mon peuple, en grand nombre, a fui dans les collines sans couvertures, sans nourriture. Personne ne sait où ils sont. Peut-être sont-ils morts de froid. Qu'on me laisse le temps de chercher mes enfants et de voir combien je peux en trouver. Peut-être les trouverai-je parmi les morts. Écoutez-moi, mes chefs. Je suis fatigué. Mon cœur est triste et malade. À partir de ce point où se tient le soleil, je ne combattrai plus jamais. »

Dans les rêves d'un chaman

Dans les rêves d'un chaman se trouvent les noms des enfants à naître :

Cercle-de-Lumière
Torrent-de-Rayons-Lumineux
Ici-Lumière-du-Jour
Arc-en-Ciel-du-Vent
Feuilles-de-Vent
Arc-en-Ciel-Chaman
Feuilles-Plumes
Arc-en-Arc-en-Ciel
Scarabée-Lumineux

Aurore-qui-chante
Faucon-volant-au-dessus-des-points-d'eau
Tremblement-de-Fleurs
Chef-des-Lapins
Gouttes-d'Eau-sur-les-Feuilles
Gouttes-Ailées
Branches-en-Fleur
Écume

Dans une prière

Dans une prière pour chasser le bison se trouvent des noms de chasseurs osages :

Je me lève je me lève
moi dont le piétinement fait gronder la terre
Dont-le-piétinement-fait-gronder-la-terre

je me lève je me lève
moi dont les cuisses sont remplies de force
Fortes-Cuisses

je me lève je me lève
moi dont la queue fouette le dos si j'enrage
Dont-la-queue-fouette-le-dos-s'il-enrage

je me lève je me lève
moi dont la bosse enferme le pouvoir
Dos-Bossu

je me lève je me lève
moi dont la fureur secoue la crinière
Secoue-furieusement-sa-crinière

je me lève je me lève
moi dont les cornes sont pointues et recourbées
Cornes-Pointues-et-Recourbées

Par une transaction commerciale

Par une transaction commerciale on obtient un nom excellent :

Vieux-Diable échange avec Contraire
Cherche-filles-pour-danser échange avec Grand-Fou (mais doit donner quatre pintes de whisky parce que « Grand-Fou » vaut beaucoup plus).

Quand la marée se retire

Quand la marée se retire, la table est mise pour :

Envié
Rassasié
Trop-Riche
Donneur-de-Richesses
Celui-dont-les-biens-font-parler
Celui-qui-rejette-les-biens
Celui-vers-qui-les-gens-pagaient
Celui-dont-on-attend-des-présents
Celui-qui-organise-tout-le-temps-des-potlatch
Celui-qui-donne-des-couvertures-en-parlant
et autres chefs kwakiutls.

Porte le nom

Porte le nom de son défaut :

Sauterelle-ayant-avalé-sa-flèche
Pilier-de-Tripot
Garde-ses-fesses-au-coin-du-feu
Pantalon-qui-tombe
Enflé
Bouche-qui-sent-le-poisson
Pisse-en-lit
Oreille-de-Rat
Pattes-Jaunes

Porte un nom donné par une femme ou par un Contraire :

Grand-Con
Poils-de-chatte-qui-pendouillent
Long-Trou-du-Cul

Porte le nom de l'insulte qu'il a criée à son ennemi mort :

Sac-à-Poussière
Longs-Tibias
Dos-de-Chat-Sauvage
Visage-Jaune
Seins-en-Or

Porte le nom de Chuka – Boue, mélange de sable et d'argile – donné, selon la coutume, au vingtième jour de sa vie par la mère de son père pour le rattacher au clan paternel du Sable, mais le cache en *C* derrière le prénom américain imposé à l'école : Don C. Talayesva (informateur de *Soleil Hopi*).

Refuse de dire son nom

La population des rêves s'affaiblit.
L'origine s'oublie

1872. Dans la grande vision où Élan-Noir trouve son nom il y a le grand-père de l'Ouest, le grand-père du Nord, le grand-père de l'Est, le grand-père du Sud, le grand-père du Ciel, le grand-père de la Terre, douze chevaux noirs, avec des colliers de sabots de bison, douze chevaux blancs entourés d'une troupe d'oies sauvages, douze chevaux alezans, avec des colliers de dents d'élan, douze chevaux fauves, un aigle tacheté, une coupe d'eau, un arc, une baguette fleurie, une pipe sacrée ou calumet, etc.

1919. Dans la vision où Cerf-Boiteux trouve son nom il n'y a plus qu'un arrière-grand-père : le sien. Après quatre jours et quatre nuits passés seul sur la colline, sans eau, sans nourriture, dans la fosse de voyance, il entend certes la voix du peuple des Oiseaux mais il ne voit rien… jusqu'à ce que, dans le brouillard tourbillonnant, une forme se dresse devant lui :

« Je reconnus mon arrière-grand-père, Tahca Ushte, Cerf-Boiteux le vieux chef des Minniconjous. Je pouvais voir le sang s'écouler de sa poitrine, là où un soldat blanc l'avait tué. Je compris que mon arrière-grand-père souhaitait que je prenne son nom. J'en conçus une joie indicible. »

1950. Un Indien mexicain :

« Mon nom est Juan Pérez Jolote. Juan, parce que ma mère accoucha le jour de la Saint-Jean, patron du village. Pérez Dindon, parce que c'était le nom de mon père. Je ne sais pas comment nos vieux ont fait pour nous donner des noms d'animaux. »

1977. Au Canada, un chauffeur de taxi charge, entre Edmonton et Calgary (Alberta) :

Silas Peau-d'Hermine
Franck Piquet-de-Clôture
Rufus Casseur-d'Étalons
Rufus-tire-dans-l'étui
Charlie Couverture
Sadie-n'a-qu'une-blessure
Winnie-l'Oursonne
Ruth-la-Bisonne
Joe-le-Bison
Chef Tom Œil-de-Corbeau
Robert-Louis-Sandra-Coyote
Wilbur Genoux-Jaunes
Suzie Robe-de-Veau
Tom-le-Poney
Fred-la-Bouteille
Hobart-le-Tonnerre
Sam-qu'est-debout-à-la-porte

5

Poèmes noms

Pour les Crees les histoires sont des êtres vivants. Elles habitent dans des villages, se racontent les unes aux autres et partent se promener en quête de nouveaux épisodes. Tout être vivant est aussi une histoire, le nom est là qui en témoigne. Les noms que nous raconte Samuel Makidemewabe, Swampy cree du Canada, lui ont été apportés par les deux communautés entre lesquelles il partagea sa vie : l'une près du lac Walker, l'autre au nord de la rivière Hayes, dans le Manitoba. En tant qu'historien de la tribu, il fut convié à de nombreuses cérémonies de nomination au cours desquelles les circonstances ayant présidé au choix des noms lui furent rapportées afin qu'il les conservât. Tel est le point de départ des merveilleuses explications qui vont suivre.

La communauté se souvient. De la naissance de Né-en-faisant-des-nœuds, par exemple, ou de la turbulence, quand il jouait avec d'autres garçons, de celui qu'elle appellera Caribou-Sans-Repos. Elle surprend dans la vie quotidienne de chacun de ses membres, un petit mystère, une habitude ou un trait qui, le rendant singulier, unique, servira dorénavant à le désigner. Chacun ici a « gagné » le nom qu'il porte, et on le dépose en lieu sûr, dans la mémoire, dans la bouche, dans les mots du poète historien.

« On m'a apporté des noms de partout, confiait Makidemewabe à son ami Howard Norman, je les ai ramenés à la maison et c'est ici que je les raconte. »

Pluie-Toute-Droite

Pendant longtemps nous avons pensé que ce garçon
n'aimait rien d'autre que ce qui tombait
tout droit. Il semblait ne se soucier
de rien d'autre.

Nous étions effrayés qu'il puisse seulement ENTENDRE
ce qui tombait tout droit !

Nous l'observions debout dehors
sous la pluie. Plus tard, on raconta
qu'il avait mis une toute petite mare d'eau de pluie
dans l'oreille de sa femme
pendant qu'elle dormait. Puis il s'était penché
pour écouter.

Je me rappelle comme il était heureux
quand il discourait sur toutes les sortes de pluies.

Sur celle qui tombe des ailes des hérons
quand ils sortent d'un lac et s'envolent. Je sais
qu'il voulut aussi un peu de cette pluie de héron
pour l'oreille de sa femme !

Il sortait au printemps pour observer
les jeunes filles qui se frottent le dessous des yeux
    à l'oignon sauvage
jusqu'à ce que jaillissent les larmes.
Il avait aussi un nom pour cette pluie-là.

Pluie triste d'oignon.

Cette pluie tombait toute droite,
elle aussi, de leurs visages,
et il l'observait.

Cette fille n'arrêtait pas de faire des paniers.
Elle en tressait beaucoup, et aussi elle en faisait
   commerce dans ce village
et tout alentour, dans d'autres villages.
Les paniers étaient posés en rang sur le sol
chacun rempli de paroles. Vous voyez
elle mettait quelque chose d'important pour elle
dans chaque panier. Quelque chose de sa vie.
Alors vous pouviez en choisir un
pour ce qu'elle y racontait
simplement en soulevant le couvercle !

De cette façon vous faisiez sortir le conte.

C'est ainsi qu'elle avait beaucoup de bouches
posées en rang sur le sol.

Le jour où j'en choisis un il y avait
un crâne de poisson-chat dedans !
Elle racontait comment elle avait attrapé ce poisson
qui GRIMAÇAIT sous des roches
quand elle l'attrapa.
C'était le premier poisson qu'elle eût jamais attrapé.

Elle grimaçait pendant toute la durée
du conte.

Celui-qui-a-vécu-seul

Un été ce garçon décida qu'il vivrait
seul. Ce ne fut jamais un secret, non, simplement
il dit : « Je vais aller vivre
près du lac voisin, au nord. »
Nous pouvons dire qu'il y avait pensé
pendant longtemps. Il construisit là une demeure.
La pluie tombait sur elle, et le soleil tombait sur elle.
Et les renards n'essayèrent pas d'y circuler
ainsi, assurément, c'était sa maison.
Il vécut là pendant tout l'été. Nous l'entendions rarement
ni ne savions où il était, sauf certaines nuits
nous savions qu'il était sorti sur le lac
par les plongeons qui se taisaient.

Il y avait aussi les nuits où nous nous demandions
comment il pouvait bien se nourrir, et c'est alors
que nous marchions vers l'endroit où il vivait.

Nous sortions à la nuit pour voir
la perche recourbée. C'était une perche
qu'il avait fixée dans le sol.

Cela s'explique parce qu'il pêchait avec de longues
perches, et il en avait fixé une
dans le sol près de sa maison. Après la pêche de
chaque jour
il courbait *cette* perche pour nous faire savoir sa chance.
Quand elle était abaissée par des pierres attachées à sa
corde

nous savions
qu'il avait attrapé du poisson.

Quand la perche était relevée
nous laissions du poisson
pour lui.

Suivait-l'ombre-du-héron

Elle savait que deux hérons s'envolaient
chaque matin en jetant leurs ombres
sur le sol au-dessous d'eux.

Ces oiseaux partaient
retrouver la vase fraîche
pour y tremper leurs pattes, dans un endroit éloigné
que je connais bien. Mais je ne vais plus jamais là-bas
à cause de mes chevilles qui sont trop vieilles.

Elle se réveillait tôt le matin pour courir
après leurs ombres en essayant de rester
dans leur reflet !

C'était le reflet mouvant du héron
qu'elle chassait
le long du sol.

Chaque fois qu'elle devait s'arrêter en bordure
d'un lac, elle regardait ces ombres
flottantes
devenir des radeaux en forme de hérons
sur l'eau.

Voilà ce qui est arrivé.
Finalement, nous avons vu comment ces hérons
nous ont donné son nom.

Beaucoup-de-Voix

Nous étions partis à la cueillette des baies
bien mûres.
Les noires, celles qui ont des pépins
à cracher. Nous cueillions ces baies-là
quand elle fit entendre une voix.
Sa première voix de la journée !
Ce n'était pas sa voix humaine. MAIS CELA SORTAIT
D'ELLE ! C'était un bruit de renard glapissant
qu'elle faisait.
J'écoutai attentivement pour être sûr.

J'entendais un glapissement de renard
dans cette voix. Peut-être *pensait-elle*
à un glapissement de renard d'il y a longtemps
et cette pensée SORTAIT BRUYAMMENT.
Si c'est bien ainsi que cela s'est passé.
Je me suis assis à l'ombre
pour écouter.

Alors il n'y eut plus que le bruit
de la cueillette des baies.
Jusqu'à ce que son panier fût rempli.
Et son ventre.

Sur le chemin du retour à la maison j'ai entendu
des bruits
de GRILLON. J'entendais un grillon
et j'ai retourné quelques pierres
pour le trouver. Et une racine.
Je n'en trouvais aucun.

Alors je l'ai regardée
j'aurais dû savoir !
Elle se tenait coite comme si j'avais soulevé une pierre
posée sur ELLE.

Je la regardai fixement
elle se tenait coite, oui, parce qu'il en est ainsi
avec un grillon
quand sa pierre est soulevée.

Toujours-Surpris

Les hiboux provoquèrent cela.

Quand ce garçon partait à la recherche des hiboux
il faisait nuit. S'il en entendait un
au-dessus de sa tête
ses yeux se mettaient à loucher pour tenter de le voir.

Il essaya d'en attraper un
en ne faisant aucun bruit.

Alors le hibou l'appela
par-DERRIÈRE
Et il sursauta.

Il n'entendait les hiboux que par-derrière.

Toujours surpris par les hiboux
ce fut, dans les jours qui suivirent, la cause
de son nom. Il sursautait.
Même si une feuille tombait sur son épaule
il sursautait, SURSAUTAIT comme s'il était
toujours surpris.

À la première goutte de pluie
qu'il recevait, aussi
il se retournait et disait :
« QUEL HIBOU A CRACHÉ SUR MOI ? »

Même en plein jour.

Réveillée-en-héron

Elle était grande, vous pouviez la voir
de loin avant quiconque.

Une fois, à la fin de l'été
elle resta debout un si long temps en bordure
du marais
que nous avons pensé qu'elle se tenait prête
à partir avec les hérons.

Vous pouviez la voir debout
parfaitement immobile.

Le jour où les hérons partirent
elle demeura. Le jour suivant elle se réveilla jeune fille
certes, mais elle commençait à être un HÉRON !
Elle se mit à faire de longs pas, lentement, comme si
elle marchait dans l'eau, chassait dans l'eau.
Cela est vrai, et elle allait ainsi
en faisant des bruits de héron.

ET elle avait de minces branches
attachées à ses pieds
pour faire des empreintes de héron.

Cela disparut
le lendemain matin. Chacun
était heureux qu'elle n'aille plus
dormir dans les roseaux.

C’est la première fois que nous avons vu quelqu’un
faire cela, aussi l’avons-nous nommée
pour ne pas l’oublier.

Silencieuse-Jusqu'au-Dégel

Son nom raconte comment
cela se passait avec elle.

La vérité est qu'elle ne parlait pas
en hiver.
Chacun avait appris à ne pas
lui poser de questions en hiver
une fois connu ce qu'il en était.

Le premier hiver où cela arriva
nous avons regardé dans sa bouche pour voir
si quelque chose y était gelé. Sa langue
peut-être, ou quelque chose d'autre au-dedans.

Mais après le dégel elle se remit à parler
et nous dit que c'était merveilleux ainsi pour elle.

Aussi, à chaque printemps
nous attendions, impatiemment.

Tapait-l'eau

Cette fille connaissait bien les bruits de l'étang
celui du castor qui tape de la queue
et le bruit des arbres qui tombent
dans l'eau
à cause des castors.
Vous pouviez trouver l'empreinte de ses pas
se rendant à l'étang, et parfois l'apercevoir
en train d'écouter *au-dedans* à travers un roseau.
Elle a dû entendre
d'autres bruits d'eau de cette manière.
Mais je ne l'ai pas demandé.

Je ne l'ai pas demandé, non
mais une fois je l'ai vue taper l'eau
de sa main
et rire. Plus tard, j'ai regardé ses dents
pour y chercher des éclats d'écorce !
Alors nous avons ri tous les deux.

Je ne crois pas pourtant qu'elle ait jamais
rongé aucun arbre.

Je ne l'ai pas demandé.

Sourcils-Corbeaux

Si vous regardiez avec intensité des CORBEAUX
    se trouvaient là
dans ces sourcils qui vivaient
sur son front. D'épais sourcils-corbeaux, oui
et quand ce garçon bâillait
ces corbeaux-là se SOULEVAIENT
puis redescendaient sur ses yeux.

Quand il commençait à être fatigué
et bâillait, les corbeaux s'éveillaient davantage.

Cela arrivait aussi quand il riait fort.
Une fois on raconta des histoires drôles
l'une après l'autre. Ce garçon riait
RIAIT à chacune. Les corbeaux
s'élevaient et redescendaient tout le temps
sur son front. Plus le rire était fort
plus haut les corbeaux montaient.
Nous aurions regretté qu'ils s'échappent.
Aussi avons-nous mis de la colle d'érable
sur ces corbeaux-sourcils
afin de garder leurs pattes fixées
à la maison.

Fait-sécher-les-choses

C'était son métier de sécher le poisson
à la fumée ou au soleil
et elle y réussissait bien. En partie son nom
vint de là.

Certains jours vous pouviez la voir
debout dans l'eau à la recherche de choses
à sécher, là aussi. Des criquets
ou des libellules que le vent lançait dans le lac.

Ou bien ils allaient d'eux-mêmes voler dans l'eau
y voyant des nuages et de hautes branches
reflétés
et croyant s'envoler HAUT
dans le ciel !

Elle les attrapait et les tenait
dans sa main, ou les posait
sur une pierre au soleil.
Pour sécher leurs ailes.

Elle séchait aussi sa peau mouillée
quelquefois avec une libellule
sur chaque genou.

Toutes les trois séchaient au soleil.

En partie son nom
vint de là.

Guêtres-de-Pollen

Elle parcourait les champs en fleurs.
C'est une chose qu'elle faisait.
Parfois le pollen se répandait partout sur ses jambes
et on aurait dit
des guêtres jaunes.
DES GUÊTRES EN ÉTÉ !
C'est ainsi que nous nous sommes mis à penser
son nom.

Quand elle revenait au village
une vieille femme toujours lui demandait :
« Les fleurs ont-elles encore du pollen ? »
Cette fille s'asseyait alors sur une couverture
puis elle se levait, répandant le pollen de ses jambes
en guise de réponse ! C'était un jeu
que ces deux-là avaient seulement entre elles.

Et cela continua.

Des guêtres de pollen, oui. Nous avons eu la chance
d'entendre une chose de l'hiver *et* de l'été
en un seul nom.
Aussi nous n'avons pas laissé passer cela.

Fait-plonger-les-grenouilles

La première chose à savoir
c'est qu'il était aveugle
aussi marchait-il au bord du ruisseau
d'une façon particulière.

Il tenait un long bâton et frayait son chemin
avec lui.

Les grenouilles assises sur les berges
écoutaient et chantaient en même temps
jusqu'à ce qu'elles entendent ce bâton se rapprocher
sur le sol. Alors chaque grenouille
plongeait !

Et c'est ainsi que ce garçon savait
où était l'eau, par le bruit
que faisaient les grenouilles en plongeant.
Maintenant vous savez.

Il suivait le ruisseau
aller et retour.

Conservant ainsi ses pieds au sec.

Tout le long du bord de l'eau.

Entendait-les-écureuils

Il s'interrompait aussitôt au milieu
d'une phrase, s'il entendait
des bruits d'écureuil.

Et il savait sous quel arbre attendre
les écureuils. Même s'il sortait
dans l'obscurité
il savait quel arbre se ferait entendre
avant que les écureuils y soient arrivés !

Je me souviendrai toujours de cela, incompréhensible
aussi aux autres : il s'arrêtait de pagayer
presque au centre d'un lac à poissons
pour écouter. En silence. Il ne parlait pas du tout
simplement il se rongeait les doigts
avec ses dents
pour me prévenir qu'il avait entendu un écureuil.

Je savais qu'il souhaitait que les os de ses doigts
fussent des noisettes !

À cette distance dans le lac je pouvais bien entendre
s'égoutter les pagaies
mais nul bruit d'écureuil.

Cependant je voyais un écureuil s'éveiller
dans *son* visage, chaque fois que cela arrivait.

A-vu-le-nuage-lynx

Il y avait un garçon dans un village qui fabriquait
des échasses en bois. Oui, il les avait vu fabriquer
quelque part
et avait appris comment. Il passait beaucoup de temps
à tailler au couteau
et quand il avait terminé
il marchait sur ces échasses vers le lac.
Il marchait dans les marécages
avec sa haute taille.
Bientôt les autres arrivaient pour la chasse au poisson
et lui HAUT EN L'AIR leur désignait
les poissons.

Il circulait avec des arbres
pour jambes.

Tandis qu'il était en l'air et regardait dans le lointain
il vit une chose étrange arriver.
Il vit un nuage rond
et une oreille lui pousser !
Puis poussa une autre oreille !
Il savait que le vent pouvait faire de telles choses
aux nuages, aussi garda-t-il cela pour lui.
Au début.

Puis ces oreilles
eurent une tête entre elles deux.
C'était
une tête de lynx !

La tête soufflait dans la direction DU LAC
OÙ ILS SE TROUVAIENT ! Il savait que ce lynx géant
arriverait plus vite sur eux
dès que le vent
lui allongerait les jambes.
Ce fut alors qu'il prévint les autres.

Ils détalèrent, ha !
tous les jeunes !

Ces échasses de bois
restèrent debout dans la boue
jusqu'à ce qu'il revienne les chercher.
Après que le ciel se fut éclairci.

Un petit lynx
perdit sa famille.
Il s'en alla tout seul
et commença à apprendre les choses.
Il se mit en route.

Un printemps il vit
arriver des oiseaux
qui venaient du sud.
Il en goûta quelques-uns.
Il en apprit le goût.

Un été il faillit
se noyer, mais il vit son visage
un long moment
dans ce lac.
Il apprit alors son visage.

Un automne il fut aussi grand
que ses parents
et cela le fit penser
à eux.
C'est ainsi qu'il apprit
à se souvenir.

Un jour, dans le froid de l'hiver
il trouva un oiseau gelé
qui ne bougeait pas.
C'est ainsi qu'il apprit les larmes

qui de son visage tombaient
sur cet oiseau.
Il resta penché sur lui un long moment.
Je sais son histoire,
ce qu'il apprit.
Je le sais.
Je vous le dis.
Toutes ces choses !
Je pleure quand je les dis.
Je suis Petit-Lynx.

Crees.

Traduction de Marie-Madeleine Delay.

III

MÉTAMORPHOSES

6

?

Il crée le monde mais à peine l'a-t-il créé qu'il le détruit.

Il provoque le Déluge mais il a un radeau où faire monter les animaux. Ce radeau parfois est une tortue, la Terre.

Sur terre il fait des bêtises. Il vole le feu, le soleil ou la lune pour se rendre intéressant.

Il crée la mort, simplement pour résoudre ses problèmes d'alimentation. Et l'amour, par envie de le faire. Si le petit igloo des femmes est ce qu'il est, doux et accueillant, c'est grâce à lui. Avant, ce n'était qu'un horrible con denté.

Mais il a oublié. Il n'a aucune mémoire.

Quand il est marié, il oublie sa femme. Quand il est père, ses enfants.

Dès que quelque chose se dérègle dans le paysage, le village, le climat, on le soupçonne, on dit que c'est lui.

Lui qui ? Coyote.

De l'Atlantique au Pacifique, de la Prairie au Grand-Bassin, à travers plaines et forêts, on a parlé de lui. Son nom a couru et court encore sur les lèvres.

À quoi ressemble-t-il ? À rien. Il change tout le temps. Sauf en ceci : à côté de lui Priape n'est rien.

Son *membrum virile* – car c'est en latin que les ethnologues du début du siècle, effarés, le contemplent – est si gigantesque qu'il le porte enroulé dans une boîte.

Les animaux parfois aident au transport. Une petite souris se dévoue pour porter cette grosse chose de l'autre côté de l'eau, où Coyote a aperçu une belle fille grasse et appétissante. Mais à peine est-il entré, clac ! ça s'est refermé : c'était une huître !

Il confond tout. Ses désirs seuls sont clairs.

« Tiens ça tombe bien, a-t-il dit en voyant, de l'autre côté du lac, la fille du chef et ses amies en train de se baigner. J'avais justement envie de baiser. » Il a sorti son vit de la boîte, il lui a fait ses recommandations, puis il l'a expédié sur l'autre rive, droit dans la fille du chef.

Écureuil heureusement avait été créé pour le lui grignoter. Il n'en est resté que le petit bout qu'ont les hommes aujourd'hui. C'est plus pratique, moins encombrant.

Coyote. Responsable des choses telles qu'elles sont.

Au lieu de se lamenter, avec les restes, il a créé le nénuphar, la pomme de terre, le navet, le haricot nain, l'acanthe et le lys des étangs. Autant de plantes bonnes et agréables. Grand-père de Tous. Bienfaiteur.

Idiot ! Il jongle avec ses propres yeux ! Il ne sait pas même distinguer la partie du tout, ce qui est à lui de ce qui est à l'autre. Son corps ? Big Mystery. Tout le temps en morceaux. Un vrai puzzle. Détruit et ressuscité.

Ce jour-là il avait recommandé à son petit frère Cul de surveiller la cuisson des canards. Il les avait égorgés par traîtrise, avec un truc chamanique. Comme il dormait, il n'a pas entendu les messages re-pétés. Au réveil, découvrant son repas brûlé (ou volé, il existe des centaines de versions) il a puni son cul en lui enfonçant dans l'œil un tison enflammé. Naturellement c'est lui-même qu'il a brûlé, mais ce jour-là les Indiens ont appris à manger la viande de deux façons : cuite sous la cendre ou rôtie. Et

Wakdjunkaga	Wichikapache
…	…
continua sa route	se remit à marcher

Sur la route, éternellement en train de marcher, même dans ses rêves, il rencontre des morceaux de chair délicieux. Il s'en régale avant de s'apercevoir horrifié que ce sont ses propres entrailles qu'il avait brûlées. Alors il les attache. Les attachant, il les comprime tellement que des rides et des plis se forment. Voilà pourquoi le cul des humains a la forme qu'il a.

Coyote. À l'origine des choses telles qu'elles sont.

Il est à l'origine et sur tout le chemin, parlant aux fleurs, aux arbres, aux animaux. Il a un vieil arrangement avec eux. Ils le montrent du doigt : « Voilà Joueur-de-Tours ! Celui-qui-se-joue-des-tours-à-lui-même ! » et ils sont joués comme s'ils ne le connaissaient pas.

Il a été Lièvre, Corbeau, Geai-Bleu, Wichikapache et Wakdjunkaga, Nanabush, Nanabozho, Ni'hança ou Iktomé, l'Homme-Araignée des Sioux, si fourbe et grand danseur qu'après avoir roulé le monde il s'enroule lui-même en petite boule à huit jambes et le long d'un fil disparaît, impuni, tel l'Homme Blanc.

Mais son nom préféré est Coyote. Vieil-Homme-Coyote.

Il prend tout aux animaux, en particulier leurs habitudes. Il imite Pic-Vert pour chasser l'ours, Putois pour chasser le cerf, Raton-Laveur pour avoir du poisson, etc. Il n'a aucune idée originale.

Il invente tout.

Avec le foie d'un élan il s'est fabriqué une vulve, avec les rognons d'un cerf une paire de seins, il a enfilé une robe et s'est transformé en femme. Si ravissante que le renard, le geai et le pou, ses compagnons, lui ayant demandé la permission, l'ont engrossé(e) avant qu'il n'aille se faire épouser par le fils du chef.

Faux chef. Grand CHEF. Grand Mystère. Premier né. Premier Artisan. Grand-père de tous. Farceur. Tricheur. Créateur qui gâche tout.

Quelqu'un a dit à une jeune fille qui cherchait un esprit protecteur : « Vous le trouverez un peu plus loin, là-bas, sur la colline. Quand vous verrez quelque chose qui dépasse, asseyez-vous dessus, c'est lui. » Elle y est allée, elle s'est accroupie en soulevant sa robe, et après elle n'était plus vierge. Qu'est-ce qui dépassait ?

« Certainement Coyote », a dit sa grand-mère.

Vieux Coyote ! Rien n'est sacré pour lui. Il trompe, il bat, il vole, il viole, il tue, pour assouvir le moindre désir. Le moindre ?

Il a très sérieusement dit à sa femme : « J'ai vu de jeunes guerriers qui s'en allaient sur le sentier de la guerre avec leurs belles-mères. Il faut que j'y aille. » Et le pire c'est qu'il y est allé. Avec sa belle-mère. La nuit, son membrum durum et rigidum tam magnum erat qu'elle s'est mise à pleurer. « Silence, mater cara, a-t-il ordonné. Ego (moi d'abord) et tu in flumine coitus coimus. »

Belles-mères, grands-mères, vieilles femmes, jeunes filles, filles ayant leurs règles, filles ou femmes de chef, tout ce qui est défendu.

Un criminel. Un fou. Coyote-le-Fou.

Il entre dans l'interdit.

Voilà pourquoi il est un maître.

Transgressant, l'un après l'autre, tous les interdits de la tribu. Montrant ce qu'il ne faut pas faire en le faisant. Par l'envers confirmant la loi.

Comme un Contraire.

Il est sacré. Il fait rire. En faisant mal il fait du bien. Collectivement. Il soigne, il guérit.

Le gai savoir des Indiens consistait peut-être à rire ensemble, non à se lamenter, de leur inconscient. Car Coyote EST inconscient.

Ses histoires sont sacrées.

On les héritait, on les échangeait, on les achetait, tels des noms. Elles se racontaient d'octobre à mars, jamais en été, quand les serpents sont encore dehors : le conteur eût encouru le risque d'être mordu par l'un d'eux. Et seulement la nuit, sinon le soleil se serait couché beaucoup trop tôt.

Il est la plus ancienne créature du Créateur : le conte.

Coyote apparaît

Un jour ils virent, dans le quatrième monde, le ciel se baisser et la terre monter à sa rencontre.

Ils regardèrent et ils virent le ciel et la terre se rencontrer.

Et là où la terre touchait le ciel, Coyote et Blaireau sortirent.

Coyote et Blaireau, pensons-nous, sont les deux enfants du ciel.

Coyote est sorti le premier, c'est pourquoi il est le frère aîné de Blaireau.

Aussitôt né, Blaireau s'éloigna de toute présence humaine et s'installa dans un trou.

Coyote, lui, s'approcha du camp et se mit à rôder autour des gens.

Navahos.

Comment les animaux ont choisi où habiter

Il y a très longtemps, c'est Coyote qui était le chef.
Et Coyote dit : « Ours, tu serais mieux dans la montagne. »
Le daim dit : « Moi aussi je veux vivre dans les montagnes. »
Et le poisson dit : « J'ai besoin d'eau. »
Le canard dit qu'il voulait de l'eau lui aussi.
Le cygne dit : « Regardez ! je suis en train de devenir beau.
Regardez-moi je suis tout blanc ! »
Alors l'ours tapa du pied et gronda :
« Sol, dit-il, qui est-ce qui parle de moi ? »
Et le sol répondit : « C'est l'Indien, et il ne dit pas du bien. »
Alors l'ours sortit de chez lui et alla mordre l'Indien.
« Moi je veux rester ici dans les rochers »
dit le mouton des montagnes.
« J'aime sentir le sol, dit le rocher.
J'aime rester au même endroit, sans bouger. »
Et le buisson de sauge dit qu'il était exactement du même avis.

Voilà ce que nous raconte Coyote.

Navahos.

Coyote et l'origine de la mort

Au commencement de ce monde, la mort n'existait pas. Tout le monde continuait à vivre, et à la fin il y eut tant de gens qu'il n'y avait plus de place pour personne sur terre. Les chefs tinrent conseil pour décider de ce qu'il fallait faire. Un homme se leva et dit que ce serait une bonne chose que les gens meurent et disparaissent pour un petit bout de temps, et reviennent ensuite. Dès qu'il se fut rassis, Coyote sauta sur ses pieds et dit qu'il pensait que les gens devraient mourir pour toujours, parce que ce petit monde n'était pas assez grand pour contenir tous les gens et que, si les gens qui mouraient revenaient à la vie, il n'y aurait pas assez de nourriture pour tous. Les autres hommes ne furent pas d'accord, disant qu'ils ne voulaient pas que leurs amis et parents meurent et disparaissent pour toujours, car alors les gens se lamenteraient et se feraient du souci et il n'y aurait plus de joie dans le monde. Tous, excepté Coyote, décidèrent que les gens mourraient et disparaîtraient pour un petit bout de temps et puis reviendraient à la vie. Les hommes-médecine construisirent une grande maison d'herbe faisant face à l'est, et quand ils eurent terminé ils appelèrent tous les hommes de la tribu à se rassembler et leur dirent que les hommes qui devaient mourir devraient revenir à la Maison de la Médecine pour y être rendus à la vie. Le plus grand des hommes-médecine dit qu'ils chanteraient un chant qui appellerait l'esprit du mort dans la maison d'herbe et quand l'esprit viendrait le mort serait rendu à la vie. Tous furent contents car ils étaient très désireux de voir le mort revenir vivre parmi eux.

Quelque temps après que le premier homme fut mort, les hommes-médecine se rassemblèrent dans la maison d'herbe et chantèrent. Environ dix jours plus tard, un tourbillon arriva de l'ouest et tourna tout autour de la maison d'herbe. Coyote le vit. Et comme le tourbillon était sur le point d'entrer dans la maison, il ferma la porte. L'esprit qui était dans le tourbillon, trouvant la porte fermée, passa rapidement en tournoyant. La mort éternelle fut introduite ainsi, et les gens, à partir de ce moment, se lamentèrent sur les morts et furent malheureux.

Maintenant, chaque fois que quelqu'un rencontre un tourbillon ou entend le vent siffler, il dit : « Il y a quelqu'un qui erre par là. » Toujours, depuis que Coyote a fermé la porte, les esprits des morts errent sur terre, essayant de trouver un endroit où aller, jusqu'à ce qu'à la fin ils trouvent le chemin de la terre des esprits.

Coyote sauta sur ses pieds et s'enfuit en courant et ne revint jamais car, quand il vit ce qu'il avait fait, il eut peur. Depuis lors il court d'un endroit à l'autre, regardant successivement par-dessus chacune de ses épaules pour voir si quelqu'un le poursuit, et depuis ce jour il est affamé car personne ne veut lui donner de nourriture.

Caddos.

Le con denté

Autrefois les cons des femmes étaient pleins de dents
c'était plutôt dur d'être un homme
de regarder sa femme s'accroupir pour le dîner
et d'entendre craquer les petits os du lapin.
Chaque fois que quelqu'un imaginait de faire l'amour
il mourait
et si votre femme disait : J'ai envie de te mordre
vous ne preniez pas ça à la légère
vous partiez à toute vitesse combattre Numuzoho le cannibale.

C'est Coyote qui a tout arrangé
ah il les a bien arrangées ces femmes à dents !
Un soir il a pris le pilon de lave de Numuzoho
il est allé au lit avec une femme
et boum boum crunch crunch aïe aïe
toute la nuit.
Ô mon homme que je suis contente, dit-elle.
Le reste est bien connu.

En l'honneur de Coyote nous portons tous des colliers de dents d'animaux.

Païutes

Le con denté

Coyote avait entendu parler d'une femme, en amont, qui avait tué beaucoup d'hommes. Elle tuait tous les hommes qui faisaient l'amour avec elle. Il n'y avait rien que des ossements devant chez elle, et plus personne ne passait par là-bas. Il savait de quelle façon elle les tuait : quand un homme faisait l'amour avec elle, elle le tuait. Il y avait des lames qui poussaient en elle. Coyote décida de monter la voir. Alors il tailla des bâtons, chacun de ces bâtons était creux afin qu'il puisse y glisser sa verge. Il prit ces bâtons et monta là-bas en se disant qu'il allait la tuer.

Il se tenait près de sa maison. Bientôt elle sortit : « Hé viens ! » dit-elle. Elle voulait qu'il fasse tout de suite l'amour avec elle. Coyote se dit que tout allait bien, alors, quand cette femme voulut qu'il fasse l'amour avec elle, il mit sa verge dans l'un des bâtons et fit ce qu'elle voulait. Bientôt il sentit que le bâton s'usait et il le remplaça par un autre. Il avait dix bâtons. La femme faisait sans arrêt des commentaires. Elle disait : « Que je suis contente mon époux ! ». Il changea cinq fois de bâton. Après quoi elle devint plutôt calme. La huitième fois environ elle ne disait plus qu'un mot de temps en temps. La dixième fois il la tua. Coyote poussa un soupir et dit : « Les Indiens auront du bon temps avec les femmes désormais. Ils ne mourront plus. »

Yuroks.

Raton-Laveur escroque Coyote, Coyote mange Raton-Laveur, Coyote combat les Hommes-Merde, est emmuré dans une caverne, mange ses yeux, mange ses couilles, sort, escroque Garçon-Oiseau pour avoir ses yeux, se les fait voler par les oiseaux et les reprend

Son jeune frère Raton-Laveur a dit à Coyote : « Voilà comment j'ai obtenu ce bon poisson frit. J'ai utilisé mes choux putois comme oreiller, les rayons du soleil du matin les ont changés en poissons. » Alors Coyote a fait ça, il s'est assis contre les choux. Au lever du soleil ils étaient des choux putois.

Alors Raton-Laveur a dit : « Pas comme ça ! Voilà ce que je fais, je mets ma bite dans un nid de fourmis, elles la piquent, très fort, et il y a un gros poisson frit, si c'est une petite piqûre, j'ai un petit poisson. » Alors Coyote l'a fait, il a trouvé les fourmis, il a mis sa bite dedans, ça faisait vraiment mal quand elles piquaient. Coyote a pensé à son poisson et il a retiré sa bite toute rouge et douloureuse. De retour à la maison sans poisson, Coyote a dit à Raton-Laveur : « Elles ont piqué mon truc et elles lui ont fait mal mais je n'ai pas eu de poisson. »

Alors Raton-Laveur a dit : « Pas comme ça ! Voilà ce que je fais, je vais sur la piste et j'interroge tous ceux qui passent. » Alors Coyote y est allé et tous avaient de la nourriture. Coyote les a volés, Raton-Laveur l'a dénoncé et s'est enfui avec sa nourriture à lui. Alors ils ont battu Coyote et lui ont tout repris et ils lui ont mis les yeux dans un tel état qu'il ne pouvait plus voir. Il rentra à la maison et il se sentait vraiment mal.

Coyote dit à Raton-Laveur : « Quand tu vas ramasser des crabes, fais attention, il y a des êtres noirs près de la rivière qui descendent les gens. Tu peux les reconnaître ils disent : "Crachicrachou. Crachicrachou." » Coyote s'est noirci entièrement avec du charbon, et il est allé à la rivière, et il a tiré une flèche sur Raton-Laveur. En disant : « Crachicrachou. Crachicrachou. » Raton-Laveur est rentré à la maison mal en point. « Je t'avais prévenu, dit Coyote, laisse-moi m'occuper de toi. » Et Coyote lui a mordu les fesses, il les a arrachées d'un coup de dent. « Oh, cria Raton-Laveur, tu me fais mal.
– Non, dit Coyote, je te soigne », et Coyote le mangea. Coyote avait plein de nourriture.

Et Coyote allait par-ci par-là et il n'arrivait pas à se décider, et il disait : « Je voudrais me battre avec Homme-Merde. » Immédiatement après les Hommes-Merde le battirent jusqu'à ce qu'il perde conscience. Quand il revint à lui il sentait la merde partout et il se lava dans la rivière.

« J'aimerais avoir une maison en pierre, disait Coyote, pour me protéger. » Et il en eut une. On ne pouvait pas entrer dedans ni lui en sortir. Un bon moment après il commença à avoir faim et il n'y avait rien à manger. Alors il sortit ses yeux et il les mangea, mais il maigrissait et il n'y avait pas de nourriture, alors il s'arracha les couilles et il les mangea.

Quelqu'un dehors commença à cogner et à frapper des coups de marteau. Coyote a appelé, Suceur-de-Sève est arrivé. Coyote a demandé : « Dis au pivert brun, au geai bleu et au pivert à tête rouge de démolir cette maison », et ils le firent et ils le sortirent de là. Il leur donna de très beaux vêtements et tous ces garçons s'en allèrent contents.

Bon, maintenant Coyote était aveugle. Il entendit Garçon-Oiseau et l'appela et mit des fleurs dans ses orbites. Coyote dit : « Pourquoi tu ne tires pas sur ce faisan là-bas ? Tes yeux sont mauvais, faisons un échange. » Et chacun prit les yeux de l'autre. Le garçon courut çà et là et il pouvait voir loin, mais ses yeux qui étaient des fleurs fanèrent et séchèrent, et il fut aveugle.

Coyote sortait un œil et il le jetait en l'air en disant : « Formidable, c'est à moi. » Des oiseaux qui passaient le remarquèrent et lui piquèrent ses yeux au vol. Coyote disait : « Formidable c'est à moi », il le dit cinq fois, mais eux avaient ses yeux.

Coyote arriva près d'une vieille femme borgne. « Ô, comme ils s'amusent avec les yeux de Coyote », disait-elle. Elle était en train de broyer des racines de fougère, et il la battit à mort avec un gourdin et il mit ses vêtements et broya les racines de fougère. Alors les femmes revinrent et dirent à Coyote : « Ô comme ils s'amusent avec les yeux de Coyote ! »

Nez-Percés.

Comment il épousa le fils du chef

Comme il errait à l'aventure, il tomba inopinément sur un petit renard.

« Tiens tiens mon petit frère, toi ici ? Tu voyages sans doute ? »

« Oui oui, c'est bien moi, répondit Petit-Renard. Le monde va devenir de plus en plus difficile à vivre. J'essaye de trouver un endroit décent où habiter. Voilà ce que je cherche. »

« Oh oh, petit frère, ce que tu dis est pure vérité. J'étais justement en train de penser la même chose. J'ai toujours désiré un compagnon. Allons ensemble. »

S'étant mis d'accord, ils poursuivirent leur route cherchant un endroit où habiter.

Comme ils marchaient, ils rencontrèrent un geai.

« Tiens tiens, mon petit frère, que fais-tu là ? » demanda Wakdjunkaga.

« Frère aîné, je cherche un endroit où vivre, car le monde va devenir difficile à habiter. »

« Nous cherchons exactement la même chose. Quand j'ai entendu mon petit frère Renard parler de ça, j'en ai immédiatement eu envie. Allons ensemble puisque nous sommes en quête du même lieu. »

Voilà ce que dit Wakdjunkaga.

Alors ils continuèrent ensemble, et bientôt ils croisèrent un hetcgeniga.

« Tiens tiens, petit frère, que fais-tu là ? » demandèrent-ils.

« Frères aînés, je cherche un endroit agréable où vivre », répondit le pou.

« Petit frère, nous voyageons exactement dans le même but. Quand j'ai entendu les autres dire qu'ils voulaient vivre en communauté, ça m'a plu. Vivons ensemble. »

Ils étaient tous d'accord, et bientôt ils arrivèrent à un endroit où la rivière bifurquait et où des chênes rouges croissaient. Un joli coin vraiment. Un coin magnifique. C'était là, ils en convinrent, un endroit délicieux où vivre. Ils s'y arrêtèrent et construisirent une cabane.

En automne, quand tout vient à maturité, ils avaient bien sûr tout ce qu'ils voulaient à manger. Mais l'hiver approchait, et peu après qu'il eut commencé une neige épaisse se mit à tomber. La situation des quatre devint alors vraiment très difficile.

Ils n'avaient rien à manger et ils étaient affamés.

Alors Wakdjunkaga dit : « Petits frères ça va devenir très difficile. Pourtant si nous faisons la chose que je suggère, tout ira bien. C'est du moins mon avis. »

« Entendu. Si ce que propose notre frère aîné est une vraiment bonne chose, nous le ferons... Autrement nous mourrons de faim. Qu'est-ce donc cette chose à faire qui serait bonne et nous procurerait de quoi manger ? »

« Écoutez. Il y a là-bas un village comblé de prospérité. Le chef a un fils chasseur qui tue beaucoup d'animaux. Il n'est pas encore marié mais il y pense. Allons là-bas. Je vais me transformer en femme et je vais l'épouser. Ainsi nous vivrons en paix jusqu'à l'arrivée du printemps. »

« Formidable », s'exclamèrent-ils.

Ils étaient tous ravis et désireux d'y prendre part.

Alors Wakdjunkaga prit le foie d'un élan et s'en fit une vulve. Il prit ensuite les rognons d'un élan et s'en fit des seins. Il enfila enfin une robe de femme. Ses amis le lacèrent étroitement dans ce vêtement. Maintenant il se tenait là transformé en femme ravissante. Vraiment.

Alors il permit au renard de le baiser et de l'engrosser. Puis au geai. Puis au pou.

Après quoi ils se mirent en route vers le village.

Winnebagos.

Coyote emprunte le trou du cul de Garçon-qui-pète, lance ses yeux en l'air, les rattrape, viole des vieilles femmes et trompe une jeune fille à la recherche d'un pouvoir

En voyageant Coyote rencontra Garçon-qui-pète. Garçon-qui-pète avait une flèche dans une main et une cible dans l'autre, et chaque fois qu'il lançait la cible Garçon-qui-pète lâchait un pet ! Il pétait aussi quand il décochait sa flèche. Prrrt ! faisait Garçon-qui-pète. Il avait cinq flèches, prrrt ! Il les lançait vers la cible, prrrt ! Quand il les avait lancées et avait touché la cible de ses cinq flèches, il avançait. Prrrt ! prrt ! prrt ! prrt ! prrt ! prrt ! prrrt ! Alors il s'arrêtait, prrt ! il la lançait, prrt ! il visait, prrrt ! il tirait toutes ses cinq flèches.

Quand Coyote le rencontra, Coyote lui dit : « Ton truc est certainement un grand truc pour un tas de gens. Donne-le-moi. »

« Oh non, dit Garçon-qui-pète, je me le garde. » Et il dit que quand il bougeait, la chose faisait prrt !

« Allez, donne-le-moi maintenant », implora Coyote.

« Bon », lui dit Garçon-qui-pète. Tous ces pets ne faisaient que fatiguer ce garçon, aussi donna-t-il tout à Coyote, l'arc, les flèches, la cible, tout.

« Vas-y, lance », dit-il.

Coyote lança. Prrrt !

« Vas-y, tire ! » lui dit-il.

Alors Coyote tira. Prrt ! Toutes les cinq flèches. Prrt ! prrt ! prrt ! prrt ! prrt !

Alors le garçon dit à Coyote : « Continue. »

Et Coyote continua. Prrt ! prrt ! prrt !

« Bien, dit le garçon, je crois que je devrais partir. » Alors le garçon s'enfuit, il courut aussi vite qu'il pouvait.

Chaque fois que Coyote faisait un mouvement, ça faisait prrt ! Il lançait la cible, prrrt ! il visait, prrrt ! il tirait ses cinq flèches, prrt ! prrt ! prrt ! prrt ! prrt ! Et quand il essaya simplement de marcher, prrt ! prrt ! prrt ! prrt ! prrt ! prrt ! Aussi il ne fallut pas longtemps pour qu'il ait mal au cul. Alors la chose explosa prrrrrrrr, et Coyote se mit à courir sur les traces du garçon. Prrt ! prrt ! prrt ! Il le suivait, il l'appelait : Où es-tu ? Je veux te rendre tes pets. Mais il avait beau crier et crier, le garçon ne répondait pas. Et Coyote commençait vraiment à en avoir marre de son cul. Il essayait de se tenir parfaitement immobile, mais chaque fois qu'il bougeait, prrrrrrrr !

Pendant que Coyote était assis, il pensait : Oui, je crois que je vais chier maintenant et essayer de comprendre. Il avait deux petites sœurs, Noix-de-Pin et Airelle, et il les fit sortir en chiant. « Bon maintenant, leur dit-il, dites-moi comment c'est arrivé. »

« Trouve toi-même, dirent les petites sœurs. Tu finiras seulement par dire : C'est la seule chose que j'avais oubliée. »

« Allez, dit Coyote, dites un peu, dites un peu, dites un peu. » Mais ce qu'il disait en réalité était : Shhluck !

« Fais attention », dirent les petites sœurs, car c'était de cette façon que Coyote faisait venir la pluie. Alors elles lui dirent :

« Ce grand gros type est Garçon-qui-pète. Maintenant tu dois jeter tes flèches, ton arc et ta cible. »

« C'est la seule chose que j'avais certainement oubliée », dit Coyote. Alors il les jeta et s'en alla sans péter.

Coyote continua à marcher. Puis il s'arrêta, il s'enleva un œil, puis il s'enleva les deux, puis il joua, puis il s'arrêta, puis il remit ses yeux. C'est exactement ce qu'il fit. Et pendant qu'il s'amusait avec ses yeux, Buse tournoyait au-dessus de lui. Alors Buse attrapa ses yeux et les emporta. Et Coyote resta là debout longtemps, mais ses yeux étaient partis.

Partout où Coyote allait, il attrapait un bâton. « Qui es-tu donc ? » lui demandait-il.

« Ce n'est que moi », répondait le bâton. Tous les bâtons auxquels il parlait étaient des arbres, mais quand il leur posait la question chacun répondait : « Ce n'est que moi. »

Coyote en attrapa un avec la main. « Qui es-tu donc ? » lui demanda-t-il.

« Telle et telle fleur », dit le bâton.

Alors Coyote en arracha deux et les mit dans sa tête. Coyote en fit ses yeux et vit clairement avec elles. Puis il continua à marcher un bon bout de temps et elles furent fanées. Coyote les jeta. Il en cueillit de fraîches, les mit dans sa tête et en fit des yeux.

Alors il arriva à l'endroit où chassait un homme appelé Oiseau. Coyote lui dit : « Je t'échange des yeux. »

« D'accord », dit Oiseau.

Coyote dit aussi à Oiseau : « Il y a tout un troupeau de chèvres là. » Mais alors qu'il les lui montrait Oiseau ne les vit pas. Alors Coyote lui dit : « Regarde avec mes yeux et donne-moi les tiens. » Alors Coyote donna ses yeux à Oiseau et Oiseau mit les yeux de Coyote. Il lui dit : « Hé, regarde, elles sont là, hé, regarde ! »

Oiseau regarda et s'en alla chasser. « Alors, bon je vais t'attendre ici. Tues-en quelques-unes et j'arriverai en hurlant. » Mais Garçon-Oiseau n'était pas plus tôt parti que Coyote ficha le camp avec les yeux de Garçon-Oiseau. En un rien de temps, les yeux d'Oiseau furent fanés, Oiseau fut coincé dans un fourré et se perdit, car il ne pouvait pas voir où il allait.

« Au revoir, Petit-Oiseau. »

Coyote continua à marcher, et tout en marchant il entendait un son, quelque chose comme flooch. De la fumée montait d'une maison. Quand Coyote arriva à cette maison, une vieille femme était assise là en train de piler des racines. Elle était aveugle, elle n'avait pas d'yeux, elle portait une espèce de manteau.

« Hé, vieille femme, dit Coyote, je vois que tu es en train de piler des racines et tout ça. »

La vieille répondit : « Oui. »

« Et il n'y a personne avec toi ? »

« Personne, absolument personne. Ma foi, mes cinq petites-filles sont toutes parties d'ici. Buse a pris les yeux de Coyote, aussi tous les gens s'amusent avec maintenant. C'est assurément là que mes petites-filles sont parties. »

Sur ce Coyote battit et tua la vieille femme. Elle portait un petit chapeau, et Coyote la transporta ailleurs et la cacha. Ensuite Coyote mit le manteau de la vieille et tout cet habillement et ces choses qu'elle avait. Il voulait ressembler exactement à cette vieille. Puis Coyote s'assit là et se mit à piler des racines.

Flooch !

Coyote entendait le bruit que faisaient ses petites-filles non mariées qui revenaient, elles faisaient haha-hahaheee, car elles riaient en marchant. L'aînée arriva la première.

« Ma grand-mère a pilé et repilé », dit-elle.

« Ah, petite fille, dit Coyote, on peut dire que j'ai pilé. »

Puis toutes les petites filles entrèrent. La plus jeune ne fut pas dupe. « Oui, dit-elle, ça ce n'est certainement pas ma grand-mère, celle-là est bizarre et différente. » Avant même que les petites filles aient commencé à manger les racines, la plus jeune avait compris. Alors la plus âgée dit à sa grand-mère : « On dit que demain tu t'en vas. On dit que tes neveux veulent te voir et on dit aussi qu'il faut que nous te portions sur le dos et que nous t'emmenions avec nous. Alors, dit-on, tu pourras certainement te débrouiller avec les yeux de Coyote. »

La vieille dit : « Oh ! »

Et alors elles dormirent toute la nuit.

Le soleil se leva. Alors l'aînée prit Coyote sur son dos. « Aïe, aïe, aïe, dit-il, aïe, aïe, un peu plus bas ! »

La suivante dit à l'aînée : « Eh, tu es vraiment en train de faire mal à notre grand-mère. » Aussi allongèrent-elles un peu la courroie et mirent-elles la grand-mère un peu plus bas. Alors elles lui dirent : « Et maintenant, ça va ? »

« Ma foi oui, dit Coyote, ça va vraiment bien maintenant, petites filles. »

Pendant que sa petite-fille la transportait comme ça, Coyote avait très envie de la baiser. Et il la glissa dans sa petite-fille.

« Oh la la, oh la la, dit la petite fille, avec quoi me fais-tu ça, grand-mère ? »

« Avec une protubérance de mon corps, quand toi-même tu deviendras une vieille femme, tu auras certainement aussi des protubérances sur le corps. »

Et ils allaient ainsi, et pendant qu'ils allaient, il le lui faisait. Et quand elle commençait à être fatiguée de porter sa grand-mère sur le dos, elle la posait par terre.

Alors une autre le prenait sur son dos. Et pendant qu'ils marchaient il la fourrait dans sa petite-fille.

« Oh la la, oh la la, disait la petite-fille, avec quoi me fais-tu ça, grand-mère ? »

« Je te le fais avec une protubérance de mon corps. Quand toi aussi tu seras une vieille femme, tu auras certainement aussi des protubérances. »

La petite-fille continuait à le porter, et pendant qu'ils marchaient il le lui faisait, pendant qu'ils marchaient il la baisait.

Bientôt une autre le portait, et de la même manière il l'enfilait pendant qu'ils marchaient.

« Je te le fais avec une protubérance de mon corps, disait-il. Toi aussi tu deviendras une vieille femme avec des protubérances sur le corps. »

Elle le portait, de nouveau il le lui faisait, comme ils marchaient il le lui faisait par-derrière. Quand elle était épuisée, elle le posait par terre.

Puis une autre le portait sur son dos. Pendant qu'ils marchaient, il le lui faisait de la même manière, il le lui glissait pendant qu'ils marchaient. Elle était la quatrième à le porter, pendant qu'elles portaient leur grand-mère il le leur faisait.

« Oui, oui, dit-il, maintenant c'est la plus jeune qui doit me porter. »

Alors la dernière le posa par terre. Alors elles dirent : « Maintenant toi aussi tu dois porter notre grand-mère sur ton dos. »

La plus jeune leur disait, la plus jeune a dit à ses sœurs aînées : « Celui-là vous devez le porter vous-mêmes sur votre dos, non, non, celui-là n'est certainement pas ma grand-mère. »

Alors l'aînée la porta de nouveau et ils arrivèrent à l'endroit où tout le monde était rassemblé.

C'était une longue maison, il y avait là beaucoup de monde, tous se passaient et faisaient circuler les yeux de Coyote. Quand elles eurent amené la vieille femme dans la maison, les neveux leur dirent : « Oui, amenez-la au centre. »

« Non, neveux, dit-elle, non je vais m'asseoir près de la porte. »

Alors Coyote vit.

« Mes yeux ! »

Oui, ils se passaient ses yeux, et quand ils arrivèrent à la place de la vieille femme, Coyote prit ses yeux.

« Mes yeux à moi, wow ! Mes yeux à moi, wow ! »

« Qu'est-ce qu'elle dit ? »

« Elle a dit que c'étaient ses yeux à elle ! »

« Non, non, elle n'a certainement pas dit ça. Elle a certainement dit : “Je voudrais que ces yeux soient à moi.” »

Ils les firent passer et repasser quatre fois de cette façon.

« Mes yeux à moi, wow ! »

« Mais ce qu'elle dit c'est bien que ce sont ses yeux ! »

« Mais non, ce qu'elle dit c'est : “Je voudrais que ces yeux soient à moi.” »

Oui ils se les passaient, et quand ils les eurent tous eu en main, ils les donnèrent à Coyote.

La vieille femme qui avait saisi les yeux en rentra un, clic ! d'un côté, puis deux, elle se leva, Coyote se mit à courir, en courant il sortit, il s'enfuit en courant.

« Yahyahyah yah yah, yahyahyah yah yah ! »

« Il s'enfuit avec notre trésor ! » disaient les uns. Mais prudents, certains disaient que c'étaient ses yeux à lui.

Quand Coyote eût couru très loin il s'arrêta et debout il cria à ces femmes, à celles qui l'avaient porté sur leur dos.

« Vous mettrez vos enfants dans des berceaux, vous vous servirez de couches, vous mettrez mes enfants dans des berceaux. »

Alors la plus jeune qui ne l'avait pas porté sur son dos dit : « Vous l'entendez ? C'est certainement Coyote que vous portiez sur votre dos, vous portiez certainement Coyote. »

Mais Coyote était loin.

Ces femmes en arrivant à la maison cherchèrent leur grand-mère, et elles la trouvèrent collée sous une bûche, morte.

Ses petites-filles alors la pleurèrent.

Bientôt elles emportèrent leur grand-mère et l'enterrèrent.

Coyote avait continué son chemin. Quand il fut très loin il rencontra deux femmes, c'étaient de très vieilles femmes.

« Attention, leur dit Coyote, il y a des gens très méchants qui voyagent par ici. »

Pendant que les vieilles avançaient avec leurs cannes, Coyote faisait de la magie, il voulait que des gens voyagent par là, pas des sauterelles mais des gens.

« Vous devriez en attraper un, disait-il, vous en feriez certainement votre esclave. Parmi les gens qui passent il y en a qui sont très méchants. Vraiment vous devriez le faire. »

Une des vieilles disait à l'autre : « Tu devrais le faire toi-même. »

« Maintenant elles ont peint leur visage », dit Coyote.

Elles dirent : « C'est comme ça que nous faisons. »

Coyote dit : « Ce sont certainement des gens d'ici qui voyagent là-bas. »

« Bon, les voilà », dit-il.

Quand ils furent plus loin il dit aussi : « Déshabillons-nous pour le faire. »

Comme il disait cela elle fit un saut, elle se mit à courir, Coyote dit : « Maintenant tu devrais le faire rapidement par-derrière, tu devrais le faire avec un *yahyahyah* et avec un *ugh.* »

C'est comme ça qu'il la préparait, elle tournerait sur lui par-derrière, elle le ferait avec un *yahyahayh* et un *ugh.*

Pendant qu'elle tournait le dos, Coyote l'attrapait et la prenait par-derrière. « Elle a attrapé l'esclave », criait-il. Alors il le fourra dans la vieille et quand ils eurent fini de baiser il la repoussa.

« Va-t'en loin de moi », dit-il. Quand il eût fini de le lui faire, cette vieille s'en alla, elle retourna à l'endroit où elle s'était fait peindre le visage. Elle laissa sécher la peinture, et bientôt elle se retrouva chez elle.

Quand elle fut revenue elle dit : « Celui-là devait certainement être Coyote. »

Cependant Coyote avait continué à marcher et tout en marchant il était arrivé près d'une vieille femme et de sa petite-fille, cette jeune femme qui était la petite-fille de la vieille était encore à marier.

Coyote ne fut pas long à lui dire : « Vous êtes une orpheline sans père ni mère, vous devriez aller à la recherche du pouvoir d'un esprit protecteur. »

Il disait ça à la fille qui n'était pas mariée, sa grand-mère aussi disait : « Il te dit vraiment la vérité. »

« Oui, disait Coyote, vous devriez aller sur le sommet de la montagne. Quand vous verrez une chose rouge qui dépasse cette chose sera un pouvoir. Vous trouverez sûrement un endroit avec une petite colline par là-bas. »

Coyote était parti, il avait couru jusqu'à cet endroit, il avait creusé un trou, il était entré dedans, il s'était recouvert de terre. Ainsi il était lui-même l'endroit avec la petite colline et c'était sa queue rouge qui dépassait.

La fille était partie elle aussi et quand finalement elle arriva à l'endroit elle vit.

C'est là qu'est la chose, pensa-t-elle. Cette chose rouge doit être la chose qui devait dépasser.

Elle la vit, elle leva sa robe, elle regarda autour d'elle, Coyote lui dit : « Vous devriez vous masturber sur votre pouvoir ! »

Alors la jeune femme commença à se masturber là-dessus et Coyote le levait vers elle, il la serrait contre lui et alors elle recevait l'esprit du pouvoir protecteur.

Quand Coyote eut fini de baiser la femme qui n'était pas mariée, quand il eut fini de le lui faire, il lui dit : « Ils vous ont envoyée vers votre pouvoir. » Il dit aussi : « Foutez le camp d'ici, vous devriez être rentrée chez vous ! »

Alors la jeune femme s'en alla en pleurant, oui elle pleurait quand elle retrouva sa grand-mère.

« Oui, c'était certainement Coyote. »

Alors qu'est-ce que vous en pensez ?

Nez-Percés.

Trois chants de Coyote-le-Fou

Coyote-le-Fou est venu
mains rouges, bouche rouge
collier d'yeux !

Coyote-le-Fou
chante fou
et le vent d'ouest crie !

L'aube me découvre
l'aube de l'est me découvre
le sens de mon chant :
la bouche tachée de sang
Coyote-le-Fou est venu.

Chant de guerre de Coyote

SKIRIKI

Ah ! Tirus takawaha
Tiratpari – ho !
Tatara kita-wira
Hawa re-rawira – he-yo !

Pawnees.

Raconter Coyote

Vieux Coyote
s'il n'avait pas regardé en arrière
c'était O.K.
il n'était pas supposé le faire
mais il l'a fait
et à peine l'a-t-il fait qu'il a perdu tout son pouvoir
sa force.
Tu n'apprendras jamais, n'est-ce pas ?

Tu sais, Coyote
est à l'origine, et tout le long du chemin
il est la cause
des ennuis, des temps difficiles
que subissent les choses.
Pourtant il était à deux doigts
d'avoir la bonne vie. Mais il disait :
Les choses sont trop faciles.
Évidemment il se vantait
il baratinait surtout.
Homme existentiel
Coyote Dostoïevski.

Il était en route vers Zuni
pour se marier ce samedi-là
et en chemin
il rencontra des joueurs.
Il y avait là beaucoup d'autres animaux.
Il s'assit
juste un moment, tu sais, persuadé

tu sais comme il est
qu'il gagnerait quelque chose.
Mais il a perdu
tout. Tout.
Et ça veut dire aussi sa peau, sa fourrure
qui était un objet d'envie
pour tous les autres animaux.
Coyote avait la plus jolie
la plus lustrée, la plus douce des fourrures
qui ait jamais existé. Et il perdit cela.
Alors des souris
le trouvant qui tremblait dans le froid
près d'un rocher, eurent pitié de lui.
Cette pauvre chose bien-aimée
dirent-elles, et elles rassemblèrent
quelques vieux bouts de fourrure
et les collèrent sur Coyote avec de la résine de pignon.
Et depuis il a conservé cette fourrure bigarrée,
tu sais, celle qui ressemble
à des morceaux de vieux manteau, celle-là.
Coyote, vieil homme, vagabond,
où vas-tu, *man* ? Lève les yeux
et vois le soleil. Méprisé
vieille couverture au fond d'un placard
dont personne ne veut.

À la conférence de tous les animaux
il y avait un oiseau avec des plumes d'un blanc
tellement pur… les plumes étaient comme
ah, comme si le soleil brillait sur elles
tout le temps, on pouvait les regarder
et on n'était pas blessé par leur éclat
c'était facile à regarder
et c'était Corbeau. Il était assis à côté du feu
on nourrissait le feu avec des grosses bûches de pin
et Corbeau était assis près du feu

du côté du vent, le vent soufflait de ce côté-là
et Coyote était là.
Il était jaloux de Corbeau parce que
tous les animaux disaient : Wow
regarde Corbeau, *man*, mais regarde un peu
en l'admirant. Coyote commença à envisager des
combines.
Il continuait à jeter des bûches dans le feu
et le vent continua à souffler
toute la nuit.
Le sujet de la conférence était, voyons
de décider les saisons
quand elles devraient avoir lieu
et il fallut longtemps pour décider.
Et quand ce fut terminé, Corbeau était recouvert
entièrement de suie, la suie la plus noire
des bûches de pin,
et il a toujours été comme ça depuis.
Eh oui, ce fut la conférence
au cours de laquelle on décida que l'Hiver
aurait lieu quand les poils des chiens allongent.
Chien dit : Je pense que l'Hiver devrait arriver
quand mon poil allonge. Et
on convint qu'il en serait ainsi. Je suppose
que c'est parce que personne n'avait une meilleure raison.

Qui ? Coyote ?
Oh, oh oui, la dernière fois
quand était-ce… je l'ai vu c'était quelque part
entre Muskogee et Tulsa
se dirigeant vers Tulsa, je pense, avançant tout
simplement.
Il marchait vers un fourré de jeunes chênes
juste de l'autre côté de la colline il y avait un ruisseau.
Il mettra bien deux jours à arriver à Tulsa
il boira un peu de vin

il fera giligili aux bébés Pawnee
il dormira au bord de la rivière Arkansas
l'écoutera un petit moment.
J'espère qu'il ne pleuvra pas
que la rivière ne va pas déborder.
Il reviendra, ne t'en fais pas.

Simon Ortiz.
Nouveau-Mexique.

Ils viennent, les loups, Coyote et Corbeau aussi

Je t'ai parlé de ces loups.
Il faut parler avec eux
quand on les rencontre quelque part, sur une piste de montagne
dans le désert ou au feu de camp
il faut les appeler oncle ou frère
mais jamais cousin ou beau-frère.

Je suis heureux que tu nous reconnaisses
et que tu nous appelles comme on nous appelait autrefois
a dit mon Oncle.
Il était assis là
les mains jointes
il a rencontré mon regard et il a baissé les yeux vers ses mains
très humble.
Nous sommes venus, mais nous avons mauvaise réputation
a dit mon Oncle.
Je suis content que vous soyez venu, ai-je dit.
Il a souri mais ses yeux étaient tristes.

Es-tu mon ami ? a demandé Coyote.
On ne peut pas être trop difficile, a dit Corbeau.
Autrefois j'étais si joli
tout le monde m'aimait.
Ma voix surtout.
Tout le monde s'arrêtait pour l'écouter, dit Corbeau.

Coyote était silencieux.
Je faisais l'admiration de tout le monde, dit Corbeau.
Coyote était silencieux.
Je chantais et je chantais. Oiseau-Moqueur
et même Perroquet étaient jaloux de moi.
Mes plumes brillaient brillaient, disait Corbeau.
Coyote était silencieux.
Est-ce que tu dors ? demanda Corbeau
pensant que Coyote n'écoutait pas.
Non, dit Coyote.
As-tu entendu ce que je viens de dire ? demanda Corbeau.
Oui, dit Coyote.
Et Corbeau attendit un commentaire de Coyote.
Comme il ne venait pas, il décida de chanter.
Crôa, crôa, crôa, chanta Corbeau.
Stop, dit Coyote.
Corbeau attendait un commentaire favorable.
Il ferma les yeux et se tint prêt à saluer.
Coyote s'éloigna silencieusement.

Simon Ortiz.

Les maîtres : Corbeau et Coyote

Vieil homme bien-aimé
parle-moi de Coyote et de Corbeau.

Coyote et Corbeau étaient des idiots.

Oui.

Mais quand tu écoutes attentivement et quand tu y regardes de près
ils t'en apprennent plus que le plus idiot
des idiots et aussi que le plus intelligent.
Écoute et vois.

Oui.

Coyote était la plus rapide de toutes
les créatures vivantes mais
il se vantait beaucoup trop.
Corbeau était le plus joli de tous
les oiseaux mais lui aussi était trop
infatué de lui-même.
Et trop souvent.
Voilà ce dont tu dois te souvenir.

Vieil homme sage, parle-moi de mes maîtres.

Corbeau. Coyote.

Oui.

Simon Ortiz.

7

Les Grands-Parents

Chants de la Société des Animaux Mystiques

l
e
s H I H I H H I H
H I H I H H I H
Les animaux arrivent H I H **U H** H I H
n H I H I H H I H
i H I H I H H I H
m
a
u
x

H E H E H H E H
u H E H E H H E H
L’action commence H E H **E H** H E H
c H E H E H H E H
t H E H E H H E H
i
o
n

H E H E H H E H
d H E H E H H E H
L’action a commencé H E H **E H** H E H
c u H E H E H H E H
t x H E H E H H E H
i
o
n

g H E H E H H E H
r H E H E H H E H
la grèbe est en avance H E H **E H** H E H
b H E H E H H E H
elle H E H E H H E H

g H E H E H H E H
r H E H E H H E H
le grèbe est en avance H E H **E H** H E H
u b H E H E H H E H
i e H E H E H H E H

g H O H O H H O H
l H O H O H H O H
elle glisse sur l’eau H O H **O H** H O H
s n H O H O H H O H
s H O H O H H O H
e

g d
l e
il glisse sur l'eau
s x
s
e

H O H O H H O H
H O H O H H O H
H O H **O H** H O H
H O H O H H O H
H O H O H H O H

c
o
Croâ Croâ le corbeau vient
b n
e
a
u

H A H A H H A H
H A H A H H A H
H A H **A H** H A H
H A H A H H A H
H A H A H H A H

c d
o e
Croâ Croâ le corbeau est là
b x
e
a
u

H A H A H H A H
H A H A H H A H
H A H **A H** H A H
H A H A H H A H
H A H A H H A H

CROA CROA Les corbeaux CROA CROA

Les corbeaux sont venus

Les corbeaux se sont assis

Sénécas.

Chant pour une personne disparue,
ou était-ce une taupe ?

YOHOHEYHEYEYHEYHAHYEYEYHAHHEH

j'allais traverser cette grosse motte

YOHOHEYHEYEYHEYHAHYEYEYHAHHEH

j'ai traversé cette grosse motte

YOHOHEYHEYEYHEYHAHYEYEYHAHHEH

je traversais cette grosse motte

YOHOHEYHEYEYHEYHAHYEYEYHAHHEH

j'ai traversé cette grosse motte

YOHOHEYHEYEYHEYHAHYEYEYHAHHEH

j'allais traverser cette grosse motte

YOHOHEYHEYEYHEYHAHYEYEYHAHHEH

j'ai traversé cette grosse motte

YOHOHEYHEYEYHEYHAHYEYEYHAHHEH

j'allais tra

YOHOHEYHEYEYHEYHAHYEYEYHAHHEH

v

YOHOHEYHEYEYHEYHAHYEYEYHAHHEH

YOHOHEYHEYEYHEYHAHYEYEYHAHHEH

YOHOHEYHEYEYHEYHAHYEYEYHAHHEH

Un autre chant sur la même personne disparue ou une taupe ou autre chose

YOHOHEYHEYEYHEYHAHYEYEYHAHHEH

j'allais traverser cette grosse fumée

YOHOHEYHEYEYHEYHAHYEYEYHAHHEH

j'ai traversé cette grosse fumée

YOHOHEYHEYEYHEYHAHYEYEYHAHHEH

je traversais cette grosse fumée

YOHOHEYHEYEYHEYHAHYEYEYHAHHEH

j'ai traversé cette grosse fumée

YOHOHEYHEYEYHEYHAHYEYEYHAHHEH

j'allais traverser cette grosse fumée

YOHOHEYHEYEYHEYHAHYEYEYHAHHEH

j'ai traversé cette grosse fumée

YOHOHEYHEYEYHEYHAHYEYEYHAHHEH

j'ai trav

YOHOHEYHEYEYHEYHAHYEYEYHAHHEH

fum

YOHOHEYHEYEYHEYHAHYEYEYHAHHEH

YOHOHEYHEYEYHEYHAHYEYEYHAHHEH

YOHOHEYHEYEYHEYHAHYEYEYHAHHEH

Le bison se lève

Je me lève   je me lève

Moi dont le piétinement fait gronder la terre

Moi dont les reins sont pleins de force

Moi dont la queue fouette le dos si j'enrage

Moi dont la bosse enferme le pouvoir

Moi dont la fureur secoue la crinière

Moi dont les cornes sont pointues et recourbées

Osages.

Chant de l'ours noir

Mes mocassins sont d'obsidienne noire
mes jambières sont d'obsidienne noire
ma chemise est d'obsidienne noire
j'ai une ceinture noire de serpent-flèche
des serpents noirs montent de ma tête
j'avance et l'éclair tordu jaillit de mes pieds
j'avance et l'éclair tordu ruisselle de mes genoux
j'avance et l'éclair tordu coule au bout de ma langue
maintenant un disque de pollen se pose sur ma tête
les serpents-flèches gris les serpents à sonnettes le mangent
l'obsidienne noire l'éclair tordu s'écoulent de moi dans les quatre directions
quand ils frappent la terre les choses mauvaises les paroles mauvaises n'aiment pas ça
des projectiles en sortent
Longue Vie, je suis quelque chose de terrible
maintenant je suis
il y a du danger où je bouge
je suis tourbillon
il y a du danger où je bouge
je suis ours gris
quand je marche, où je marche l'éclair s'envole de moi
où je marche, quelqu'un qu'on doit craindre
où je marche, Longue Vie
je suis quelqu'un qu'on doit craindre
il y a du danger où je marche

Navahos.

Poème sur un loup ou peut-être deux loups

yoweeeeeeeeeeeeeeeeeeeeeeeeeeeeeeeeeeeeeeeeeeeeeeeeeeeee

Il arrive en courant
à travers le champ où
il arrive en courant

yoweeeeeeeeeeeeeeeeeeeeeeeeeeeeeeee

Il arrive en courant
au pied de la colline où
il arrive en courant

Senecas.

Chant de la pie

La pie !   La pie !

Sous le blanc de ses ailes
le pas du matin

c'est l'aube   c'est l'aube

Navahos.

Chant du serpent

Sur le chemin il s'enroule
    comme un long bâton il s'enroule
        sur le bord de l'eau il s'enroule
            autour d'une branche d'arbre, dit-on
              dans un arbre creux, dit-on
            il n'arrête pas de siffler
          couché il fait son bruit
      une pierre dans l'herbe
     il s'enroule
    couché il fait son bruit
        autour d'un long bâton
          enroulé
           couché il fait son bruit
             sur le chemin au soleil
               enroulé
             ssssssssssssssssssssssssssssssssssssssssss

Crees.

Chant du geai

HEI YA   HEI YA   HEI YA   HEI YA

tout mon chant est parti   est perdu

triste dans son cœur est le geai

tout mon chant est parti   est perdu

malheur à moi   hélas   hélas

tout mon chant est parti   est perdu

HEI YA   HEI YA   HEI YA   HEI YA

Pimas.

Le daim

Le daim supprime la lumière du jour
il enlève la lumière du jour   l'appelle nuit

Le daim est seul dans la nuit
il broute la plaine
sous la montagne

Le daim est resté longtemps dans la nuit
il a demandé à l'araignée une route dans la nuit
sur la route de l'araignée le daim voyage

Yumas.

Chant de l'oiseau-moqueur

très peu de nuages dans le ciel

très peu
de nuages

c'est l'oiseau-moqueur qui vous le dit
c'est l'oiseau-moqueur qui vous le dit

Chipanqui, l'oiseau-moqueur, ne chante que s'il est heureux.
Quand on l'entend, il faut s'arrêter, et être heureux.

Chant de l'écureuil

L'écureuil debout dans sa chemise

L'écureuil debout dans sa chemise

Il est là   debout   mince

Il est là   debout   rayé

Navahos.

Chant du colibri

je me sens si solitaire

je chante à l'intérieur

je pleure sur moi-même

Tlingits.

Chant de mort de l'antilope blanche

Rien ne vit longtemps
Que la terre
Et les montagnes

Cheyennes.

Sept chants

Tortue

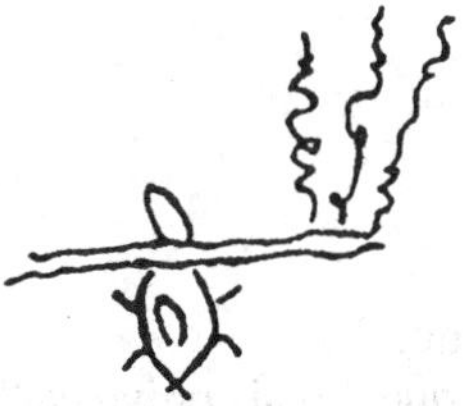

J'aurais dû m'en douter !
Elle était là tout le temps
Tortue.
Elle nous éclaboussait
et on croyait que c'était des vagues !

Loutre

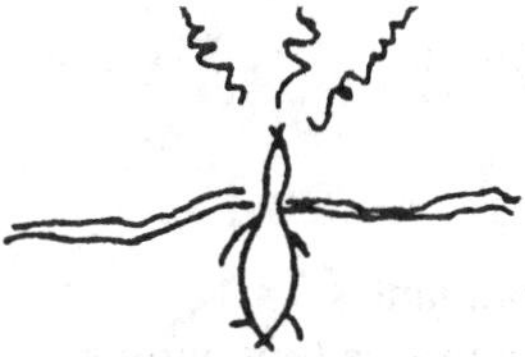

Bruit
au milieu du lac.
Je savais que Loutre
tiendrait sa promesse.

Héron

Héron est réapparu
habillé en brouillard
faisant un bruit de héron à travers.

?

Je sais qu'il est gras
même ses traces
font du bruit !

Ours

Et ça c'est quoi ?
Vous croyez que j'avais prévu ça ?
Ours
grognant dans les bois ?

Porc-épic

S'il est si piquant
c'est qu'il a mis ça tout autour.

Corbeau

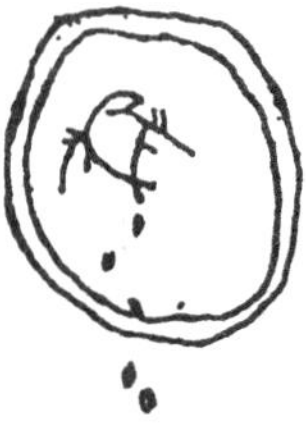

Bien sûr !
tous les nuages sont noirs.
Corbeau
veut qu'on s'habille comme lui
ça doit être le moment.

Ojibwas.

Métamorphoses sioux

PREMIÈRE SÉRIE

C'était un vieux loup, édenté, la queue presque pelée. Il chantait d'une voix de jeune homme, et les guerriers croyaient qu'il était un des leurs. Puis ils le virent. Il se coucha près du feu, ils lui coupèrent un morceau de la meilleure viande de bison, ils lui donnèrent à manger. Il leur apprit ce chant, et depuis ils portent toujours leur *médecine* dans un sac en peau de loup.

Avec des pouvoirs dont vous ne savez rien
j'ai fait qu'ils naissent à la vie
Avec des pouvoirs que vous ne pouvez comprendre
j'ai fait qu'ils marchent

Peuple des Loups

Avec les pouvoirs des esprits
j'ai fait qu'ils marchent
Avec les pouvoirs des esprits
j'ai fait qu'ils marchent
Avec les pouvoirs des esprits
j'ai fait qu'ils marchent
Avec les pouvoirs des esprits
j'ai fait qu'ils marchent

Tout le monde était là, silencieux, mais ils entendirent quelqu'un chanter. L'un d'eux grimpa sur la colline et regarda. Un loup était assis sur la colline, il regardait au loin et chantait. Ils apprirent son chant.

À l'aube
je vais
je galope
je vais

À l'aube
je vais
je trotte
je vais

À l'aube
je vais
timidement
mais je vais

À l'aube
je vais
prudemment
mais je vais

J'ai rêvé que j'allais dans la tanière du loup. Seuls les petits loups étaient là. Ils chantaient ce chant :

Père est quelque part loin
Il reviendra en hurlant

Mère est quelque part loin
Elle reviendra en hurlant

Père est quelque part loin
Un jeune bison dans le ventre

Mère est quelque part loin
Elle reviendra en hurlant

Mère est de retour
Miraculeusement elle est de retour

*
* *

Je croyais que j'étais un loup
Mais les hiboux hululent
Et j'ai peur du noir

Je croyais que j'étais un loup
Mais j'ai tellement faim
Que debout je suis déjà fatigué

Je suis un loup
Je vais en bien des endroits
Je suis seulement fatigué de celui-ci

Je croyais voir des bisons
Et j'appelai
Je croyais voir des bisons
Et j'appelai
Ah que ce soient des bisons

C'étaient des merles
J'allai vers eux
Et c'étaient des merles

Je croyais voir des bisons
Et j'appelai
Je croyais voir des bisons
Et j'appelai
Ah que ce soient des bisons

C'étaient des hirondelles
J'allai vers elles
Et c'étaient des hirondelles

En fuite éperdue
J'ai chassé les hirondelles
En fuite éperdue
Je les ai fait partir
En fuite éperdue
Avant que les nuages se rassemblent

En fuite éperdue
J'ai chassé mon cheval
En fuite éperdue
Une hirondelle volant et courant
Avant que les nuages se rassemblent

*
* *

Mon cheval fuit vole
Je porte sur moi la terre bleue et brune
Je fais que je vole
Je fais que mon cheval vole
Je fais que je vole
J'ai fait cela

Quand je courtisais
On m'a dit
Que je n'avais pas de chevaux
Alors je cherche

Crow, Crow
Surveillez vos chevaux
On dit que je suis un voleur de chevaux

Gardez vos yeux ouverts
J'erre alentour ici et là
Je pourrais bien chercher des chevaux

La nuit est différente
Du jour
Je voudrais que mes chevaux soient nombreux

QUATRIÈME SÉRIE

Il vient du nord
Il vient combattre
Il vient du nord
Voyez-le qui vient

Je jette de la poussière sur moi
Elle me transforme
Je suis un ours
Quand je vais à sa rencontre

*
* *

Donne un mot, père l'ours
Donne un mot, père l'ours
Pour moi les temps sont durs
Donne un mot, père l'ours
Pour moi les temps sont difficiles

*
* *

Ma patte est sacrée
Il y a des simples partout
Ma patte
Il y a des simples partout

Ma patte est sacrée
Tout est sacré
Ma patte
Tout est sacré

8

Poèmes de l'Os magique

Jacob Nibénegenesabe, qui vécut quatre-vingt-quatorze ans au nord-est du lac Winnipeg, au Canada, fut un grand conteur. Il racontait les histoires sacrées de Wichikapache, le Coyote cree, l'Écornifleur, mais il inventa aussi à l'intérieur de la tradition un nouveau cycle de « Joueur-de-tours » : les *Poèmes de l'os magique*, que recueillit Howard A. Norman.

L'os magique dont il s'agit ici n'est autre que le bréchet de l'oiseau, cette fourche délicate du sternum qu'enfants nous cherchons dans le poulet. Une fois mangé le blanc, à deux on le tient chacun par un bout en tirant, l'un casse, l'autre a gagné et fait un vœu. Le vœu inlassable du poète cree est la métamorphose.

Voici dans quelles circonstances Nibenegenesabe découvrit les pouvoirs de l'os à vœux :

« Un printemps, près du lac Winnipeg, une oie des neiges solitaire apparut haut dans le ciel. Elle descendit en planant sur un plus petit lac et nagea jusqu'à son bord. Tout près, alerté par le vent qui apportait à ses narines l'odeur de l'oie, un lynx se tapit en silence. L'oie tendit le cou un instant, aux aguets. Mais avant qu'elle eût pu s'envoler le lynx la tenait entre ses dents. Il la dégusta os et plumes. Alors, comme il allait craquer un os pour en sucer la moelle, un homme poussa un cri et aussitôt le lynx se retrouva dans un arbre. Il ne restait de l'oie que des débris, mais parmi ceux-ci l'homme trouva un os dont on dit qu'il protège le cœur – un "os à vœux". Il l'examina avec grand soin. Plus tard, il découvrit que cet os était un instrument de métamorphoses qui lui permettait de devenir un "joueur de tours" capable de faire exister les choses en les désirant et de se trouver lui-même dans toutes sortes de situations. »

J'essaie de faire mes vœux comme il faut
mais parfois ça ne marche pas.
Une fois, en faisant un vœu, j'ai mis un arbre la tête en bas
et ses branches
se trouvaient là où ses racines auraient dû être !
Les écureuils devaient demander aux taupes :
« Comment descendre de là
pour rentrer chez soi ? »
Une fois ça s'est passé comme ça.
Puis il y eut cette autre fois, je m'en souviens à présent
où en faisant un vœu j'ai mis un homme la tête en bas
et ses pieds se trouvaient là
où ses mains auraient dû être !
Au matin ses chaussures
ont dû demander aux oiseaux :
« Comment voler de là
pour rentrer chez soi ? »
Une fois ça s'est passé comme ça.

Une fois je me voulus
caribou.
J'étais étendu par terre et je dormais
avec mon ombre
et c'est alors que tu es arrivé
disant que le soleil t'était entré dans la bouche
disant que tu avais soif !
Je voulus t'envoyer là où tu boirais des larmes.
C'était un lac
dans lequel tout le monde pleurait
un lac rempli de larmes.
À la nuit
quelques larmes s'en allèrent
à la recherche de visages tristes
pour s'y répandre.
Alors tout le lac se mit à pleurer.
Certains dirent que c'étaient les grèbes.

Une fois je me voulus amoureux.
J'étais un petit écureuil
rayé de noir.
Je grimpais aux branches tremblantes pour lui cueillir des fruits.
J'ai même nagé avec la lune sur l'eau
pour la rejoindre.
C'était une époque un peu troublée pour moi.
Je travaillais tout le jour pour trouver la nourriture
et je veillais toute la nuit sur son sommeil.
Ce n'est plus pareil à présent
mais mon cœur chante encore
quand je l'entends
au-dessus des feuilles.

Il y eut un jour un orage.
Ce fut quand je fis le vœu
d'être une tortue.
Mais, entendons-nous, sur terre !
Celle qui porte une tente dure
sur son dos.
Je voulais tout rentrer à l'intérieur
bien au sec.
Voici qu'arrivent les vagues
qui me secouent
et j'ai le mal de mer.
Je voulais être la tortue
qui mange les bourgeons et les fleurs et les baies.
Il faut que je souhaite les choses avec précision !
Il en sera ainsi
dorénavant.

Une nuit je voulus que les choses changent.
Alors je pensai qu'il y avait trop d'étoiles
dans le ciel
et pas assez de lumière en bas
dans la terre.
Ce fut quand je voulus faire tomber une étoile
sur cette taupe
pour diriger son nez.
Elle l'emporta sous terre
et elle l'essaya.
À présent elle sort quelquefois
pour laisser son étoile parler aux autres étoiles
dans le ciel.
Il fait sombre là en bas
mais son nez voit où elle va.

Un serpent une fois perdit ses yeux.
N'allez pas ici me jeter le blâme !
C'était le hibou des neiges.
Il jouait à la lune.
Ce hibou ferma les yeux
et s'assit dans un arbre de brouillard
avec sa face blanche.
Le serpent leva son regard à travers le brouillard
et vit cette face ronde
et dit : « Lune, montre-moi un repas ! »
Alors cette lune descendit et lui prit les yeux.

Une fois j'étais fatigué d'être jeune.
Alors je me voulus changé en vieillard.
Mais j'étais mourant !
Les enfants se rassemblèrent autour de moi
en disant :
« Ne meurs pas.
Sortons, ayons encore un jour.
Regarde ! la lune nous pardonne
avec un nouveau soleil. »
Mais j'étais en sueur et je dis :
« Il est temps.
Ce tronc s'est creusé de lui-même
et m'attend.
Ma vieille âme a déjà enfilé ses chaussures. »
Alors je rampai jusque dans le tronc
tandis que la lune commençait juste
à me pardonner.

Il y avait une vieille femme que j'avais créée en vœu.
Elle était l'épouse
d'un vieil étang.
Vous pouviez la voir nager dans son mari
si vous étiez caché
derrière les buissons.
Elle lui parlait avec sa façon de nager
gentiment.
Une fois dans leur vie il n'y eut pas de pluie
et le soleil commença de réduire l'étang.
Bientôt le soleil prit l'étang tout entier !
Pendant beaucoup de nuits la vieille femme dormit
près du trou où son mari avait vécu.
Puis, une nuit, un orage arriva
mais au matin il n'y avait toujours pas d'eau
dans la vieille demeure de son mari.
Alors elle décida de partir à sa recherche
et elle suivit sur le sol les flaques
qui marquaient les pas de l'orage.
Elle les suivit pendant beaucoup de kilomètres.
Finalement elle tomba sur son mari
assis dans un trou. Mais il s'était trompé de trou !
Alors la vieille femme ramena son mari à la maison
petit à petit, dans ses mains.
Vous auriez pu le voir rentrer à la maison
si vous étiez caché
derrière les buissons.

Un jour j'ai souhaité
que tous les écureuils aient la queue
pointée vers le nord.
Je les ai fait pointer nord juste en le souhaitant !
C'était comme si un vent soufflait nord
essayant d'emporter ces queues d'écureuil
avec lui.
Je descendis un sentier
et vis les écureuils dans les arbres et sur le sol.
Tous la queue pointée vers le nord.

« C'est si bizarre
que tu nous aies fait ça à nous »
dit un écureuil.
J'ai répondu : « Je me suis perdu une fois
et je n'arrivais plus à retrouver le nord.
Si jamais ça recommence je suivrai tout simplement
vos queues. »

Alors les écureuils appelèrent quelqu'un
à l'aide. C'était un putois !
De cela je n'étais pas trop content.

Je me tenais juste au nord
de ce putois, tout près de lui.
Il a dit : « Laisse donc aller leurs queues !
Je te montrerai, moi, la direction
du nord. »

Alors il pointa sa queue au nord.
Vers moi !

J'ai souhaité que les queues d'écureuils retrouvent
leur ancienne manière.
Le putois avait encore sa queue
dirigée sur moi.
Je tentai de m'échapper mais il était trop tard.

Pouah ! J'ai couru vers le sud
en criant : « Il m'a aspergé ! »
Pendant des jours chacun a su
par son nez
la direction du sud
à cause de moi.

Une fois
tous les bruits se rencontrèrent.
Tous les bruits du monde
dans un seul endroit
et je m'y trouvais
puisqu'ils se rencontrèrent dans ma maison.
Ma femme demanda : « Qui les a envoyés ? »
Je répondis : « Renard ou Lapin
oui l'un de ces deux-là.
Tous les deux essayent de me jouer un tour aujourd'hui.
Tous les deux
sont furieux contre moi.
Lapin est furieux parce que j'ai tiré
l'oreille de son frère
et que je l'ai soulevé de terre de cette façon.
Puis je l'ai mangé.
Et Renard est furieux parce qu'il voulait
faire ces choses avant moi. »

« Oui, alors c'est certainement l'un des deux »
a dit ma femme.

Ainsi tous les bruits
étaient là.
Ces choses arrivent.
Le bruit d'un arbre qui tombe était là.
Le bruit d'un rocher qui tombe était là.
Le bruit d'une loutre glissant dans la boue était là.

Tous ces bruits et d'autres encore
dans ma maison.

« Combien de temps pensez-vous rester ? »
leur a demandé ma femme. « Nous avons besoin de dormir ! »
Ils ont tous répondu ensemble !
C'est pourquoi ma femme et moi maintenant
sommes parfois durs d'oreille.
J'aurais dû faire le vœu de les renvoyer tous
c'était la première chose à faire.

Ceci arriva en automne.
Je cherchais quelque chose à faire
quand je vis un homme sortir
et ramasser du bois
pour son feu.
Eh bien il trouva une belle branche
et se pencha
pour la prendre.
Elle sauta en l'air changée en oiseau !
Quand il se retourna
vers le tas de branches
qu'il avait ramassées
toutes étaient en train de voler !
En cercle elles volaient, haut dans l'air !
Certaines se posaient sur les arbres.
D'autres se mettaient à chanter.
L'une construisait un nid
avec les brindilles des autres !
J'étais là
content que mon vœu réussisse si bien.
C'était en automne, je le répète.
Des bandes d'oiseaux s'en allaient
vers le sud.
Vous auriez dû voir
la tête qu'il faisait
quand il vit son bois s'envoler aussi vers le sud !

En suivant des oies !
Ha !
Encore un bon tour à jouer l'an prochain
à quelqu'un d'autre.

Crees.

Traduction de Marie-Madeleine Delay.

IV

MÉDECINES

Chant ancien de Tom-le-chaman

Je te connais. Mon nom est Tom.
Je veux trouver ton mal. Je connais ton mal.
Je prendrai ton mal. Mon nom est Tom. Je suis un grand docteur.
Si je prends ton mal tu verras ton mal.
Mon nom est Tom. Je ne mens pas. Mon nom est Tom.
Je ne dis pas de conneries.
Je suis un docteur. Pendant plusieurs jours je n'ai pas mangé.
Pendant dix jours peut-être je n'ai pas mangé.
Je n'ai pas mes pouvoirs avec moi.
Je n'ai pas mon sac avec moi. Mon nom est Tom.
Je vais prendre ton mal maintenant et tu le verras.

Chant de chaman

Va-t'en, grosse mouche, va-t-en !
Ne m'embête pas, grosse mouche.
Je suis en train de rêver.

Abeille affairée qui retourne à l'essaim
tu n'es pas un totem pour un chaman en quête de
pouvoir !
Je cherche une sauterelle dans l'herbe
une sauterelle crissante dans la lumière du soleil.

J'irai sur la montagne cette nuit !
Il viendra il viendra
il me fera peur.

Je grimpe sur la montagne
je cherche un lac de cratère.
Que personne ne me suive ! J'ai des ennuis
je dois chanter mon amertume au lac
seul.

Coyote, mon pouvoir, viens !
À travers le vent je t'appelle
à travers la pluie, dans la tempête
moi, un jeune homme, je t'appelle.
Dis-moi ce que j'ai dans le cœur.

Je parle au lac.
Je parle à tous dans le lac.
Je ne suis pas un être humain.

Je suis une tête qui roule en bas de la colline.
Je suis une tête qui appelle son pouvoir.

Je descends en courant la montagne.
Je viens du lac.
Mon pouvoir est un vent qui hurle.
Près de la mare obscure au soleil couchant
le puma attend.
Les ombres s'élèvent, agrippé à la nuit
je n'ose pas rentrer.

Jaime de Angulo,
Californie.

9

Chants pour écorce

Dans les années 1907, 1908 et 1909, sur le territoire des Indiens chippewas, dans les réserves de Terre Blanche, Lac aux Sangsues et Lac Rouge, Frances Densmore, armée de papier et d'un phonographe à rouleaux de cire, recueillit, nota et enregistra un peu plus d'une centaine de chants traditionnels de ce peuple.

Ces chants appartiennent au cycle de la Mide Wiwin Société de la Grande Médecine. Chaque « poème » du cycle est un chant, avec sa mélodie, mais il est aussi mimé ou dansé par un membre de la Société ou par un candidat à l'admission. De plus les paroles du chant-poème-danse comportent des insertions de syllabes non signifiantes qui ont un effet magique et rythmique à la fois. Le deuxième chant de ceux choisis ici pourrait être ainsi noté :

jaillissante O HO HO une source A jaillissante O HO HOHOHO HO HOHO une source HA HA jai lli ssante O HO HO source HAHA jaillissante OHOHO

monte de la terre E HEHE monte de la terre dure E HEHE une source HAHA jaillissante O HOHO source

Il existait pour chaque chant une mémoire écrite, une « partition », sous la forme d'un dessin tracé sur écorce de bouleau, dont la présentation évoquait le chant et le suscitait.

Parfois, avant d'exécuter le chant selon les indications données par le « poème d'écorce », devant les écorces de cire du phonographe de Frances Densmore, le chanteur ou la chanteuse chippewa introduisait le chant, le commentait ; ce sont certains de ces commentaires qui ici remplacent (tant bien que mal) les dimensions vivantes absentes de la musique et de la danse.

Quand un manido vint m'apprendre le Mide, il descendit au bout d'une longue presqu'île qui s'enfonce dans le lac supérieur.

je suis
debout
au centre de la presqu'île

Le centre de la presqu'île, le poteau et la pierre de Mide.

une source bouillonnante
jaillit du sol dur
une source

La course de l'eau.

Je demande au Mide manido de ne pas s'offenser si je chante ce chant qui lui appartient.

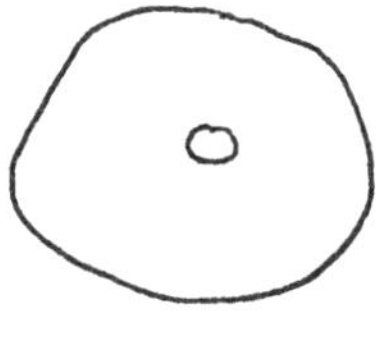

d'où je viens
au centre de la terre

Le centre de la terre.

les eaux sont calmes
le brouillard s'élève
parfois
j'apparais

Sur le cercle du ciel : gouttes humides, le visage du manido apparaît.

le son de l'eau
coule
vers ma tente

Les lignes vibrantes du son coulent jusqu'à mon cœur.

Le pouvoir de sa voix étonne le chaman.

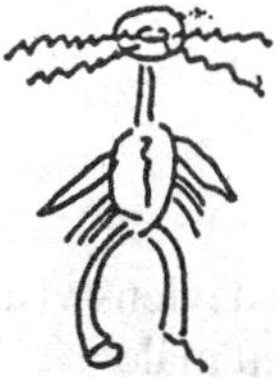

à quoi est-ce
que ma voix ressemble ?
est-ce au métal
que ma voix ressemble ?

Lignes de sons, lignes de force.

avec attention
j'écoute
ceux qui parlent

Celui qui parle, celui qui écoute.

presque
il m'entend presque
manido

C'est lui.

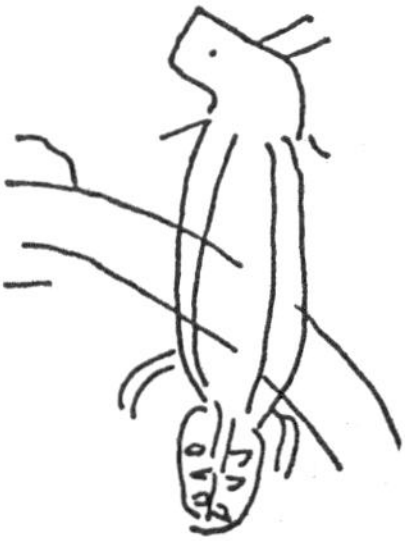

c'est sûr
je suis un esprit !
voyez comme je deviens visible
je suis un blaireau mâle

Esprit blaireau sortant de l'eau.

au milieu de la mer
la longue chambre de la mer
où je suis assis

La chambre ovale de la mer dans l'ovale de la mer.

je vis dans une caverne
notre grand-père
avait des bras
couverts de plumes
moi je dois être un homme des cavernes

Un grand-père.

MON DEUXIÈME CHANT DE CHASSE

ma massue de chasse
résonne à travers le ciel
pour convoquer les animaux

Le ciel résonne, la massue, le chasseur.

MON TROISIÈME CHANT DE CHASSE

viens donc un peu
voir
faisons un match
ô serpent à sonnettes
subtil entre tous
les serpents

Le serpent à sonnettes réussit dans toutes ses entreprises, grâce à sa médecine le chaman devient son égal.

MON CINQUIÈME CHANT DE CHASSE
POUR CHASSER LA NUIT

je brille comme une étoile
l'animal qui me regarde
est ébloui

Œil vaut étoile.

Pour venir en aide à celles (ceux) qui aiment, le chaman compose quelques charmes d'amour :

LE PREMIER SHARME D'AMOUR DU SHAMAN

que me dis-tu ?
ne suis-je pas vêtue comme les fleurs,
aussi belle ?

Les exigences du cœur.

LE DEUXIÈME CHARME D'AMOUR DU CHAMAN

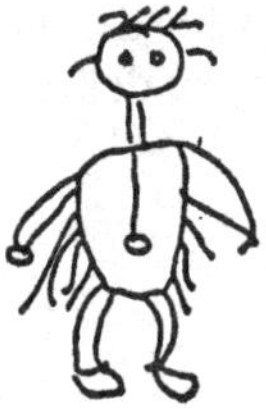

je peux ensorceler cet homme

je l'ai complètement ensorcelé

De son corps s'éloignent les lignes inexorables du désir.

LE TROISIÈME CHARME D'AMOUR DU SHAMAN

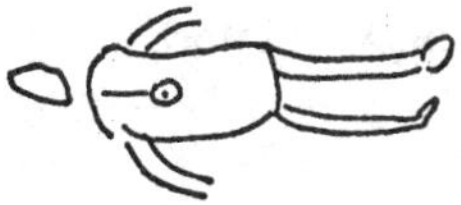

Timide.

cet homme
je peux le rendre
timide

comment
se fait-il
qu'il soit
si timide ?

LE QUATRIÈME SHARME D'AMOUR DU CHAMAN

Partout.

où qu'il soit
au centre de la terre
sous la terre même

vers des lieux d'ombre de calme
vers des lieux d'ombre je marche sur la terre vers des lieux d'ombre de calme vers des lieux d'ombre

En marche.

CHANT DU VIEUX SHAMAN

Le shaman vieux.

et
les esprits
m'ont rendu vieux

Six autres chants…

DU RÊVE

je marche
dans le ciel
j'accompagne
un oiseau

Quand le chanteur était enfant, il rêva que dans son rêve les arbres chantaient comme s'ils étaient vivants :

DE L'ARBRE

le vent
seul
me fait peur

DE LA TEMPÊTE

quelquefois
j'ai pitié
de moi-même

emportée
à travers ciel
par le vent

DE LA VENUE DE LA TEMPÊTE

d'une moitié
du ciel
avec bruit
vient
ce qui l'habite

Le chanteur composa ce chant dans les circonstances suivantes : sa mère était absente, l'avait laissé seul dans le wigwam ; il faisait nuit dans le wigwam et il eut très peur de la chouette.

DE LA CHOUETTE

très
également
moi
de la chouette
ai peur
chaque fois que je suis assis seul dans le wigwam

DE LA CORNEILLE

on m'appelle
la première qui vient
oiseau
porte la pluie
corneille
est mon nom

… et un autre

DES NUAGES

les nuages
changent

Chippewas.

10

La Nuit des chants
Une cérémonie navaho

Le *Klédze hatal* ou les *Chants sacrés qui appartiennent à la nuit* ou *cycle de chants appartenant à la nuit* est un des monuments les plus extraordinaires que nous aient légués les Indiens d'Amérique du Nord. « Le Peuple », les Dinés, pour nous les Navahos, désignent ainsi une cérémonie de guérison et d'exorcisme qui dure neuf nuits et qui, comme tout drame cérémoniel indien, est un atelier complet de tous les arts, puisqu'il comprend musique, danse, poème, chant, peinture, fabrication d'objets et de plats cuisinés, médecine et magie, récit de l'histoire et des mythes, théâtre et farce, jeux. C'est l'immense suite de chants continus exécutés lors de la neuvième et dernière nuit qui donne son nom à cette représentation du monde. Pour nous qui ne recevons de cette totalité qu'une description, que les mots de quelques chants (une trentaine sur trois cent vingt-quatre), ce qui frappe d'étonnement, c'est la splendeur obsessive de la parole. Si la répétition est un des fondements de la pensée indienne, les Navahos ont poussé son emprise à l'extrême, en donnant aux images parfois violentes et étranges de leur vision une structure rythmique extraordinairement hiérarchisée et maintenue dans l'ordre de la rigueur. La beauté pour eux n'est pas atteinte par le paroxysme, le rêve ou le désordre, mais par le rythme, qui est pour eux la séquence infiniment reproduite où alternent le rejet et l'accueil, l'exorcisme et la guérison, la jeunesse et le vieil âge, le haut et le bas, le mal et la bonté des Dieux, toutes les manifestations essentielles de l'opposition entre l'identité et la différence.

La cérémonie commence au coucher du soleil, dans la saison froide, celle où la gelée blanche, à l'aube, couvre la terre et où dorment les serpents. Elle se termine neuf nuits plus tard à l'aube. Les quatre premières nuits sont de purification et d'offrandes aux dieux. Au milieu de la quatrième nuit, dans les peintures de sable, les dieux endormis se réveillent et descendent parmi « le Peuple ». Les quatre nuits suivantes sont celles de la guérison. Le point culminant est atteint dans la dernière et neuvième nuit, qui s'ouvre par la convocation du Tonnerre, *nuit des chants* qui s'achève au moment où le héros centre de tous les soins, le malade ou patient, tourné vers l'est, respire, délivré, le souffle du jour naissant.

Le maître de la cérémonie est le chaman, *le hatali*, le « chanteur ». C'est lui qui dirige le rituel et avant tout sait dans toute leur extension les cycles de chants qui s'enchevêtreront au cours des heures. Sa mémoire est la bibliothèque des Navahos. À la fois chef, interprète et instrumentiste, il doit, sans partition, connaître par cœur l'équivalent de tous les opéras de Wagner ! Les variations dans le choix et l'ordre de certains moments non imposés par la tradition sont sa création propre. C'est pourquoi nous ne connaîtrons jamais l'intégralité du *Klédze hatal*. Le chaman est entouré d'assistants comme le patient de sa famille. Les interprètes, chanteurs et danseurs, sont plus que des acteurs qui jouent les dieux, ils les personnifient. Les deux plus importants sont Hastshéyalti, Dieu-qui-parle, le Soleil, dont le cri Wu Hu Hu Hu annonce, chaque matin, la présence, car pour les Navahos le soleil parle quand il apparaît à l'horizon, et Estsanatlehi, Femme-qui-change, la Terre, mère des Jumeaux dont elle fut magiquement imprégnée par les rayons du soleil transmis à travers l'eau d'une cascade.

Une opposition des contraires, qu'après Bierhorst nous symboliserons par + et –, fonde jusqu'au moindre détail l'organisation entière du rite. Ces oppositions sont interprétés rythmiquement dans une combinatoire d'une complexité extrême. Si les Navahos, comme tous les Indiens d'Amérique du Nord, donnent au nombre quatre la place centrale, pour eux 4 n'est pas seulement 1 + 1 + 1 + 1 mais plus fondamentalement –+–+ et ils s'efforcent de recréer ce rythme élémentaire de l'univers par toutes les dispositions possibles. La polarité première qui délimite le + et le – est clairement une polarité sexuelle. Le Soleil Homme est + et la Terre Femme – mais dans l'esprit navaho un + n'est jamais seulement un +, il se dédouble lui-même en + et –. Hastshéyalti n'est pas seul mais accompagné de son double Hastshéhogan. Les jumeaux de la Terre sont Nayénezgani + et Tobadzhistshini –. La gémellité est aussi une polarité. Tout est contraire pour s'unir. La figure rythmique parfaite est donc 4 mais compris comme un premier couple –+ qui est un + et un deuxième couple –+ qui est un –. Toute unité se désunit en double contradictoire. Ainsi la pluie est-elle à la fois pluie homme + (accompagnée d'éclairs) et pluie femme – (sans tonnerre). Cela se reflète dans le chant, vers à vers et strophe à strophe. Les chants eux-mêmes sont composés par paires antithétiques. Il arrive que la strophe jumelle manque, c'est qu'elle a été supprimée par Matthews (voir plus loin) ou par le chaman. La strophe jumelle est toujours artificielle et, dans quelques cas, un énorme *non-sens*.

Quatre, le nombre du rythme indien, a des implications cosmogoniques. Les quatre points cardinaux sont dans l'ordre traditionnel associés aux quatre couleurs sacrées (qu'on retrouvera dans les peintures de sable) : à l'est, grande obscurité, le noir ; au sud, lumière bleue, le bleu ; à l'ouest le jaune, et au nord le blanc. Aux directions sont associées les quatre montagnes sacrées qui sont les quatre coins du monde navaho : à l'est, Tsisnadzhíni (Pelado Peak, Nouveau-Mexique), au sud, Tsótsil (Mount Taylor, Nouveau-Mexique), à l'ouest, Dokoslíd (Humphreys Peak, Arizona) et au nord Depéntsa (Hesperus Peak, Colorado). Les quatre couleurs, points cardinaux, montagnes, qui s'incarnent en quatre « joyaux », le jais, la turquoise, l'abalone et la coquille blanche, représentent l'aube de l'enfance, l'âge adulte et guerrier, le passage par la porte de la mort et le recommencement.

EST	noir	enfance	Tsisnadzhíni	jais	–
SUD	bleu	âge adulte	Tsótsil	turquoise	+
OUEST	jaune	mort	Dokoslíd	abalone	–
NORD	blanc	résurrection	Depéntsa	coquille blanche	+

Cette alternance se retrouve dans toute la composition de la cérémonie :

NUIT DES CHANTS

– **Ire partie : la purification**

1re nuit. Nuit de l'est

consécration de la loge-médecine
– 1er rite d'exorcisme (le souffle de vie)
+ 1re prière rituelle du matin
– 1er bain de vapeur
+ les montagnes sacrées

2e nuit. Nuit du sud

– 2e rite d'exorcisme (le vêtement de feuilles persistantes)
+ 2^e prière rituelle du matin
– 2e bain de vapeur
+ préparation de nombreux *ketans*

3e nuit. Nuit de l'ouest

– 3e rite d'exorcisme (les nombreux ketans)
+ 3^e prière rituelle du matin
– 3e bain de vapeur
+ bain d'amole

4e nuit. Nuit du nord

– 4e rite d'exorcisme (le jeune arbre et le masque)
+ 4^e prière rituelle du matin
– 4e bain de vapeur
+ le lieu tremblant

+ **IIe partie : la guérison**

5e nuit

– chants d'exorcisme
+ 1re grande peinture de sable

6e nuit

– chants d'exorcisme
+ 2^e grande peinture de sable

7e nuit

– chants d'exorcisme
+ 2^e grande peinture de sable

8e nuit

– chants d'exorcisme
+ 4^e grande peinture de sable

– + **IIIe partie : reprise**

9e nuit

danse des Atsalei
danse des Naakhai

Quatre nuits + quatre nuits + une. Ce 1 final toujours présent, après des séquences de 4 ou de multiples de 4, symbolise à la fois la fusion finale des contraires et leur recommencement. C'est pourquoi on trouve parallèlement au bloc élémentaire de 4 événements (points cardinaux, joyaux, montagnes, etc.) des figures circulaires à 5 ou 9 événements dont le dernier est à la fois conclusion et centre : 9e nuit, mais aussi, sur le corps du patient, la bouche, 9e partie du corps touchée par le chaman après 2 fois 4 autres régions essentielles. C'est pourquoi la strophe éminente, la plus souvent réitérée, du *Klédze hatal* est :

la beauté devant moi fasse que je marche
la beauté derrière moi fasse que je marche
la beauté au-dessus de moi fasse que je marche
la beauté au-dessous de moi fasse que je marche
la beauté tout autour de moi fasse que je marche

Les 324 chants de la cérémonie complète représentent 4 fois 9 groupes de 9. Ni Matthews ni Bierhorst à sa suite n'ont saisi pleinement à quel point ce principe rythmique du 4 + 1 était à l'œuvre partout. Les abréviations et les omissions de leurs descriptions tendent parfois à l'effacer. Ce qui est dommage.

Le sens profond de la *Nuit des chants* pour les Navahos ne peut qu'en partie être saisi par nous, mais ce qui précède permet d'entrevoir que le déroulement rituel n'est pas seulement orienté vers la guérison d'un malade mais vers un enseignement éthique et esthétique, vers l'affirmation réitérée de l'essence éthique et esthétique de la vie. D'une manière assez étonnamment roussellienne la forme récurrente de bénédiction qui ponctue le *Klédze hatal* est

saa nagai bike hozhon

qu'après Matthews et Bierhorst nous avons traduit de manière univoque

saa nagai	dans le vieil âge errant
bike hozhon	sur la piste de la beauté

et qui résume gravement l'objet du chant grâce à un jeu de mots produit par simple altération du souffle. Car si sous la forme « saa nagai bike hozhon » cela signifie « dans le vieil âge voyageant sur la piste de la beauté » ; sous la forme

sa'aa nagai bigke hozhon

le sens devient : « que le rajeunissement soit atteint en accord avec la beauté ». La formule est donc un paradoxe, un mystère, une contradiction que le cycle des chants a pour but d'élucider. Le patient doit à la fois désirer le vieil âge et le rajeunissement mystique qui le nie.

Chirurgien militaire qui pratiquait l'ethnographie à ses heures de loisir et à ses frais, Washington Matthews (1843-1905) venait d'achever sa *Grammaire et Dictionnaire de Hidatsa* (langue parlée dans le cours supérieur du Missouri) quand, à l'automne 1880, il fut transféré à Fort Wingate dans l'état du Nouveau-Mexique, à la frontière sud du pays navaho. La découverte de ce pays devait changer sa vie. Pendant vingt ans, jusqu'à sa mort, il ne cessa plus d'essayer de pénétrer le mystère du *Klédze hatal*. L'essentiel de ce qu'on en sait provient de sa monographie aussi monumentale qu'admirable, *The Night Chant Navaho ceremony* (Memoirs of the American Museum of Natural History, vol. 6, 1902), tout à fait exceptionnelle par un respect des formes poétiques et musicales dont presque aucun ethnologue à l'époque ne faisait preuve. Mais pendant les dernières années de sa vie Matthews fut frappé de surdité et de paralysie partielle. Or, parmi ses vertus, le *Night Chant* est supposé guérir la cécité, la surdité, la paralysie et la folie. Mais en même temps, confirmant un principe fondamental des cures chamaniques, le chant peut frapper aussi bien que guérir. Ce fut l'opinion de nombreux Navahos, que Matthews avait été victime de la colère du chant.

Washington Matthews n'a pu si bien s'approcher de la réalité du mystère que grâce à la confiance que lui témoigna, après de très longues hésitations, l'imposante et regrettablement obscure figure du chaman *(hatali)* Natloi, dit le Rieur, qui lui permit d'y assister et lui dévoila une partie de ses secrets.

Nous avons utilisé ici la présentation faite par John Bierhorst d'une version qui est l'œuvre du hatali Natloi et de Matthews dans *Four Masterworks of American Indian Literature* (Farrar, Straus & Giroux, New York, 1974), mais nous sommes revenus aussi souvent que possible à la transcription même de Matthews qui donne heureusement, en de nombreux endroits, le texte navaho avec un mot à mot.

En achevant ce travail en 1980 nous rendions hommage à celui qui, un siècle plus tôt, commençait le sien.

PREMIÈRE PARTIE

LA PURIFICATION

Première nuit. Nuit de l'est

Le crieur appelle, debout à la porte-rideau de la loge-médecine tournée vers l'est :

> *Biké hatali haku*
> Venez sur la piste du chant

À l'intérieur, le chaman, se déplaçant dans le sens du soleil, consacre la loge par la farine, blanche si le malade est un homme, jaune s'il s'agit d'une femme. Le patient entre avec ses parents et amis. Ils s'asseoient et attendent l'arrivée d'Hastshéyalti.

Hastshéyalti, Dieu qui parle, Dieu qui appelle, est l'esprit tutélaire du *Klédze hatal*. Son cri, Wu hu hu hu, évoque la voix du soleil, la respiration de l'aube, le souffle de la vie. Il est entièrement vêtu de blanc.

Hastshéyalti entre, tenant entre les mains un talisman, quadrilatère de saule dont les tiges fraîches, sans écorce, sont attachées par des fils de laine où pend une plume d'aigle duveteuse. Il passe successivement le carré de saule autour de la taille, de la poitrine, des épaules et de la tête du patient. C'est le début du rite d'exorcisme du souffle de vie. Immédiatement après une divinité féminine vient prendre, dans un grand panier, un des douze anneaux de sumac (ketan-cercle) avec sa plume-souffle, et elle en touche les neuf régions essentielles du corps malade, dans l'ordre suivant : plantes des pieds, genoux, paumes des mains, poitrine, dos, épaules, sommet du crâne, joues, la bouche enfin, autour de laquelle elle hésite. Après elle Hastshélpahi répète les mêmes mouvements avec le second anneau et les achève sur un cri. Puis une deuxième divinité féminine... La séquence quaternaire est répétée quatre fois, chaque fois Hastshéyalti revient.

Les dieux, en réponse à la prière et au sacrifice, sont descendus de leurs demeures montagneuses. Ils annoncent au malade que son corps est sacré, donc qu'il guérira. Il y a vingt-six chants du Sommet.

Ier CHANT DU SOMMET

Du lieu d'en dessus debout dans la hauteur
Hastshéayuhi debout dans la hauteur
dit ton corps est sacré debout
dans la hauteur
De la maison d'en dessous debout dans la hauteur
Hastshéyalti debout dans la hauteur
dit ton corps est sacré debout
dans la hauteur

Le chaman et ses aides préparent les ketans pour la prière du 1er matin.

Ketan : dans *la Nuit des chants* tout est ketan, offrande aux dieux, message qu'on leur adresse. Les douze anneaux de sumac avec leur plume-souffle étaient ketans. Il y en a de tabac, de coquillages, etc. Leur préparation occupe une grande partie des journées, elle est accompagnée de chants.

Les quatre ketans du premier matin sont quatre enveloppes d'épis de maïs remplies de pollen, d'hématite brillante et de « joyaux » mélangés : jais, turquoise, abalone, coquille blanche. On coupe quatre grandes feuilles de roseaux (qui seront les ketans-cigarettes) sur lesquelles on peint les divinités destinées à recevoir ces offrandes.

Ier CHANT DE LA PEINTURE DES CIGARETTES

Un petit maintenant est préparé un petit maintenant
est préparé
pour Hastshéhogan il est maintenant préparé
un petit message maintenant est préparé
vers la piste de la pluie-homme maintenant est préparé
quand la pluie rideau pendra vers le bas maintenant
est préparé
Une petite maintenant est préparée une petite maintenant
est préparée
pour Hastshéyalti elle est maintenant préparée
une petite offrande maintenant est préparée
vers la piste de la pluie-femme maintenant est préparée
quand la pluie rideau pendra vers le bas maintenant
est préparée

Hastshéhogan, compagnon d'Hastshéyalti, est dieu Maison (hogan, la tente conique, habitat traditionnel des Navahos), dieu de l'Ouest et du crépuscule. Il porte une peau de loutre, un masque bleu et une canne de cerisier.

Pluie-homme : accompagnée d'éclairs. Pluie-femme : sans tonnerre.

Maintenant les roseaux peints sont remplis de tabac indien.

5e CHANT DU TABAC

Maintenant ce tabac jaune je suis
maintenant cette feuille large je suis
maintenant cette fleur bleue je suis
sur la piste où marcher tabac je suis
Maintenant cette feuille étroite je suis
maintenant cette fleur de montagne blanche je suis
maintenant cette fleur bleue je suis
sur la piste où marcher tabac je suis

Les cigarettes sont scellées à chaque bout avec du pollen légèrement humide et allumées symboliquement à la flamme d'un morceau de cristal de roche. On l'approche du bout de la cigarette comme si on attrapait un rayon de soleil passé à travers le trou de fumée en haut du hogan. Puis on les met à l'intérieur des enveloppes de maïs, avec les joyaux. Le chaman applique du pollen sur les neuf régions essentielles du corps du patient.

Son mouvement indique qu'il apporte le pollen du soleil. Le mot navaho pour pollen signifie littéralement étend-la-lumière-dans-toutes-les-directions. C'est un emblème de paix, de bonheur et de prospérité.

Le chaman dépose les quatre ketans ainsi complétés entre les mains du malade qui récite après lui.

PRIÈRE AU DIEU HIBOU

Hibou
j'ai fait ton sacrifice
j'ai préparé une fumée pour toi
mes pieds redonne-les-moi
mes jambes redonne-les-moi
mon corps redonne-le-moi
mon esprit redonne-le-moi
ma voix redonne-la-moi
aujourd'hui retire ton mauvais sort de moi
aujourd'hui ton sort de moi est retiré
loin de moi tu l'as retiré
très loin de moi il est retiré
très loin tu as fait cela
aujourd'hui je guérirai
aujourd'hui de moi il est éloigné
aujourd'hui l'intérieur de moi deviendra frais
froid à l'intérieur j'avancerai
froid à l'intérieur fasse que je marche
n'ayant plus mal fasse que je marche

insensible à la douleur fasse que je marche
avec un sentiment de légèreté intérieure fasse que je marche
avec un sentiment de vivacité intérieure fasse que je marche
joyeusement fasse que je marche
joyeusement d'abondants nuages sombres je désire
joyeusement d'abondantes averses je désire
joyeusement une abondante végétation je désire
joyeusement un abondant pollen je désire
joyeusement une abondante rosée je désire
joyeusement dans la beauté terrestre fasse que je marche
Dasé elki'dze a'hwenido
que cela soit joyeux devant moi
que cela soit joyeux derrière moi
que cela soit joyeux au-dessous de moi
que cela soit joyeux au-dessus de moi
tout joyeux autour de moi fasse que je marche
accompli dans la beauté
accompli dans la beauté

Après le dieu Hibou (traditionnellement un sorcier mais bienveillant) Hastshéayuhi, Hastshéeltlihi et Pierre-à-Écho reçoivent la même prière et un des quatre ketans. Les assistants sortent de la loge et posent les ketans sur le sol dans les positions prescrites pour que les dieux viennent les prendre. À l'intérieur, les chanteurs commencent les chants du ketan.

7e CHANT DU KETAN

À travers le cañon de Tshéyi depuis l'autre côté il traverse
sur le mince fil horizontal du bleu il traverse
pour prendre son ketan de bleu sur le fil il traverse

À travers le cañon de Tshéyi depuis l'autre côté il traverse
sur le mince fil horizontal du blanc il traverse
car son ketan est noir sur le fil il traverse

Ce chant appartient au dieu qui cherche des ketans. Autrefois les esprits sacrés traversaient le cañon sur quelque chose ressemblant à une toile d'araignée en forme de pont suspendu. Hastshéayuhi sur une corde bleue et Hastshéyalti sur une corde blanche. Ici la strophe jumelle donne un exemple de ces non-sens dont nous parlions dans l'introduction.

Le chant suivant appartient à ceux qui portent les ketans à la recherche des dieux.

10e CHANT DU KETAN

De très belle manière maintenant il porte
pour Hastshéhogan maintenant il porte
un petit message maintenant il porte
vers la piste de la pluie homme maintenant il porte

De très belle manière maintenant il porte
pour Hastshéyalti maintenant il porte
un petit message maintenant il porte
vers la piste de la pluie femme maintenant il porte

Dans le milieu de la matinée des aides construisent une petite loge conique de sudation, au-dessus d'une fosse peu profonde, à environ deux cents pas à l'est de la loge-médecine. Conduits par le chaman qui répand du pollen devant eux et porteurs de huit baguettes de plumes, les participants s'avancent sur une seule file vers la loge de sudation en chantant :

Ceci ceci avec ceci je marche avec ceci je marche
maintenant c'est avec Hastshéyalti que je marche
c'est avec ses pieds que je marche
c'est avec ses membres que je marche
c'est avec son corps que je marche
c'est avec son esprit que je marche

c'est avec sa voix que je marche
c'est avec ses huit plumes blanches que je marche
avec la beauté devant moi je marche
avec la beauté derrière moi je marche
avec la beauté au-dessus de moi je marche
avec la beauté au-dessous de moi je marche
avec la beauté tout autour de moi je marche
avec le vieil âge la plus belle piste je marche
c'est moi c'est avec moi que je marche

Dans les deux derniers vers le chanteur semble dire : je suis le vieil âge, je suis la belle piste. Les concepts jumeaux de vieil âge et belle piste peuvent être interprétés comme des personnages, garçon et fille, Garçon-du-Vieil-Âge, Fille-de-la-Belle-Piste, ce qui met l'accent sur leur éternelle jeunesse.

Le chaman sépare les quatre ketans mâles des quatre femelles et les plante autour de la loge de sudation. Le patient y pénètre et s'assied à côté des pierres brûlantes qui alimentent le bain de vapeur tandis que dehors le chaman prépare deux infusions froides : le ketlo (lotion de l'incantation) et le klédze azhé (médecine de nuit). Il chante :

CHANT DU ROC

Dans la maison du Roc-Rouge là
je suis là
à mi-chemin
je suis venu
les plants de maïs tremblent

Dans la maison de l'Eau-Bleue là
je suis là
à mi-chemin
je suis venu
les plants tremblent.

Ces chants évoquent probablement le mythe d'un héros qui voyage vers le soleil en quête de fertilité ou d'abondance, jusqu'à la Maison du Roc-Rouge (une ruine pueblo ?). Roc et Rouge s'opposent à Eau et Bleu.

Hastshéyalti et Hastsebaad (femme) font sortir le patient de la loge, tournent autour de lui quatre fois, massent les neuf centres rituels de son corps et lui font boire quatre gorgées de klédze azhé. Ensuite le patient est baigné de ketlo.

DERNIER CHANT DU ROC

À la maison du Roc-Rouge il pousse
ici le plant de maïs géant pousse
avec des épis de chaque côté il pousse
avec sa soie rousse il pousse
mûrissant en un jour il pousse
se multipliant encore et encore il pousse
À la maison de l'Eau-Bleue elle pousse
ici la tige de la courge géante pousse
avec des fruits de chaque côté elle pousse
avec ses fleurs jaunes elle pousse
mûrissant en une nuit elle pousse
se multipliant encore et encore elle pousse

Les peintures de sable sont effacées devant la loge de sudation et le sable, rassemblé dans une couverture, est dispersé au vent. La loge elle-même est défaite et les participants retournent à la loge-médecine. Le chaman couvre le patient de pollen. Au moment où il introduit une petite quantité de pollen dans sa bouche, il montre, par un geste, que ce pollen descend du ciel.

Ina hwié mon petit-fils j'ai mangé
ina hwié mon petit-fils j'ai mangé
ina hwié mon petit-fils j'ai mangé
Hastshéhogan sa nourriture j'ai mangé
le pollen du soir sa nourriture j'ai mangé
bien des denrées tendres sa nourriture j'ai mangé
d'abondantes denrées dures sa nourriture j'ai mangé
la beauté étendue derrière lui sa nourriture j'ai mangé
la beauté étendue devant lui sa nourriture j'ai mangé
la beauté étendue au-dessus de lui sa nourriture j'ai mangé
la beauté étendue au-dessous de lui sa nourriture j'ai mangé
la beauté étendue tout autour de lui sa nourriture j'ai mangé
dans le vieil âge errant j'ai mangé
sur la piste de la beauté j'ai mangé
Ina hwié mon petit-fils j'ai mangé. Kolagane.

Le terme « petit-fils » est souvent placé dans la bouche des êtres surnaturels et il implique la bénédiction.

Les participants se retirent. Sur le sol de la loge le chaman prépare une petite peinture de sable représentant les quatre montagnes. Une piste conduit en leur milieu où est peinte, avec du pollen, la représentation de Aniltani Atet, Fille-Sauterelle. Sur le seuil le crieur appelle :

Biké hatali haku
Venez sur la piste du chant

Le patient entre en marchant lentement le long de la « piste » jusqu'aux « montagnes ». Son chemin est marqué de farine. Il marche sur les pas des dieux, Hastshéyalti le suit.

Dans un lieu sacré avec un dieu je marche
dans un lieu sacré avec un dieu je marche
sur Tsisnadzhini avec un dieu je marche
sur un grand chef montagne avec un dieu je marche
dans le vieil âge errant avec un dieu je marche
sur la piste de la beauté avec un dieu je marche

Après Tsisnadzhíni le chant est répété pour Tsótsil, Dokoslíd et Depéntsa, les quatre montagnes sacrées (cf. introduction) créées pendant le quatrième monde et transportées dans le monde actuel – qui est le cinquième monde.

Comme les héros du mythe, le patient suit une piste sacrée qui le conduit successivement aux quatre montagnes, sièges des dieux. Ayant acquis leur pouvoir, il retourne chez lui, grâce à un arc-en-ciel qui est la route rapide et commode utilisée traditionnellement par les êtres surnaturels. Il retrouvera son environnement familier transfiguré par la beauté. Tel est le sens de la longue prière qui suit et que le chaman récite quand le patient atteint le centre de la peinture.

Depuis la base de l'est
depuis la base de Tsisnadzhini
depuis la maison faite de mirages
depuis le seuil fait d'arc-en-ciel
le sentier d'où sort l'arc-en-ciel
l'arc-en-ciel est sorti avec moi
l'arc-en-ciel s'est élevé avec moi
à travers le milieu des vastes champs
l'arc-en-ciel est retourné avec moi
jusqu'à l'endroit où ma maison est visible
l'arc-en-ciel est retourné avec moi
jusqu'au toit de ma maison

l'arc-en-ciel est retourné avec moi
jusqu'à l'entrée de ma maison
l'arc-en-ciel est retourné avec moi
jusqu'à l'intérieur même de ma maison
l'arc-en-ciel est retourné avec moi
jusqu'à mon feu
l'arc-en-ciel est retourné avec moi
jusqu'au centre de ma maison
l'arc-en-ciel est retourné avec moi
sur le devant de ma maison avec l'aurore
Dieu qui parle est assis avec moi
Dieu de la maison est assis avec moi
Garçon-Pollen est assis avec moi
Fille-Sauterelle est assise avec moi
dans la beauté Estsanatlehi ma mère pour elle je reviens
dans le beau mon feu m'est redonné
dans le beau mes biens me sont redonnés
dans le beau mes denrées tendres me sont redonnées
dans le beau mes denrées dures me sont redonnées
dans le beau mes chevaux me sont redonnés
dans le beau mes moutons me sont redonnés
dans le beau mes vieux hommes me sont redonnés
dans le beau mes vieilles femmes me sont redonnées
dans le beau mes jeunes hommes me sont redonnés
dans le beau mes jeunes femmes me sont redonnées
dans le beau mes enfants me sont redonnés
dans le beau ma femme m'est redonnée
dans le beau mes chefs me sont redonnés
dans le beau mon pays m'est redonné
dans le beau mes champs me sont redonnés
dans le beau ma maison m'est redonnée
Dieu qui parle est assis avec moi
Dieu de la maison est assis avec moi
Garçon-Pollen est assis avec moi
Fille-Sauterelle est assisse avec moi

dans le beau le maïs blanc m'est redonné
dans le beau le maïs jaune m'est redonné
dans le beau le maïs bleu m'est redonné
dans le beau tous les maïs me sont redonnés
dans la beauté fasse que je marche
tout le jour fasse que je marche
à travers les saisons qui reviennent fasse que je marche
...
dans le beau... je posséderai à nouveau
dans le beau... oiseaux...
dans le beau... oiseaux joyeux
sur la piste marquée de pollen fasse que je marche
avec des sauterelles à mes pieds fasse que je marche
avec la rosée à mes pieds fasse que je marche
avec la beauté fasse que je marche
la beauté devant moi fasse que je marche
la beauté derrière moi fasse que je marche
la beauté au-dessus de moi fasse que je marche
la beauté au-dessous de moi fasse que je marche
la beauté tout autour de moi fasse que je marche
dans le vieil âge errant sur la piste de la beauté
avec un sentiment de vie fasse que je marche
dans le vieil âge errant sur la piste de la beauté
à nouveau vivant fasse que je marche
accompli dans la beauté
accompli dans la beauté

« Depuis la maison faite de mirages » ou, plus exactement, « depuis le hogan fait de mirages » met l'accent sur le fait qu'une demeure conique, dans le style navaho, appartient à la vision, non une maison de pierre ou d'adobe, dans le style pueblo. Alors que le chant précédent insistait sur la hauteur grandiose des montagnes, la prière, ici, insiste sur la forme conique considérée comme l'apothéose du hogan, la maison idéale d'un dieu. Le mirage fait allusion à la lueur miroitante associée à la chaleur du désert. Dans la tradition navaho elle représente une forme précieuse de lumière solaire ressentie comme pouvoir créateur mâle. La montagne en un sens est devenue maison du Soleil. Pendant le terrible quatrième monde privé de soleil, les quatre montagnes sacrées en ont été le substitut. Ce vers et les deux suivants concentrent progressivement l'attention du fidèle de la maison à l'étage puis au seuil. Ce monde de progression est un trait conventionnel de la poésie rituelle (qu'on retrouve plus loin, lors du retour à la maison).

« Sur le devant de ma maison avec l'aurore » : la place d'honneur dans un hogan est derrière le feu, face au seuil. Le devant de la maison fait toujours face à l'est, où le soleil se lève. Parmi les dieux que la prière asseoit sur le seuil Fille-Sauterelle symbolise le pouvoir créateur féminin et Garçon-Pollen le pouvoir créateur mâle.

« Dans la beauté Estsanatlehi ma mère pour elle je reviens » : le retour à la mère, ou à la grand-mère, est un motif caractéristique des héros navahos. Dans leurs mythes, le héros est souvent, littéralement, un enfant.

La prière est dite quatre fois. Après Tsisnadzhíni, pour Tsótsil, Dokoslíd et Depéntsa.

Hastshéyalti tourne autour du patient en regardant toujours vers l'ouest. Il s'agenouille devant chacune des quatre « montagnes », y prend du sable, l'applique sur le patient en lui criant à l'oreille son cri : Wu hu hu hu.

On place devant le malade des charbons ardents. Le chaman répand sur eux une poudre de yadidinil composée de fleurs, de résine et de téguments pris dans la tête, le bec, les plumes, les pieds de cinq oiseaux. Le patient en respire la dense fumée blanche et parfumée. Les charbons sont éteints. La peinture est brouillée.

Les participants se retirent.

Deuxième nuit. Nuit du sud

Le crieur appelle au coucher du soleil

Biké hatali haku
Venez sur la piste du chant

On revêt le patient du vêtement de feuilles persistantes, longue guirlande de sapin – dont les nœuds figurent les liens de la maladie – qu'on enroule autour de son corps selon un parcours compliqué qui part de la cheville droite et s'achève à la tête. Quand l'habillement est achevé, le patient ressemble à un grand tas informe de brindilles vertes où le masque du deuxième jour fait une tache de couleur. Il entre dans la loge-médecine. Apparaissent les dieux jumeaux de la guerre.

Nayénezgani, Tueur-des-Dieux-Étrangers ou Tueur-de-Monstres, héros de la mythologie navaho, est le dieu de la guerre, fils de Père Soleil et de Mère Terre, analogue de Quetzalcoatl dans son aspect guerrier. Mais c'est un dieu bénéfique, sorte de chevalier errant toujours prêt à défendre les opprimés. Il métamorphose les êtres dangereux pour l'homme en animaux inoffensifs. Il chasse le mal.

Tobadzhistshini, Enfant-de-l'Eau, fils de la Terre et d'une cascade, est la contrepartie passive féminine, de Nayénezgani. Il n'est jamais représenté dans les peintures de sable.

CHANT DE L'APPROCHE DES DIEUX GUERRIERS

Sur la terre des dieux il avance à grands pas
Sur la terre des dieux il avance à grands pas
Maintenant Nayénezgani avance à grands pas
En haut sur les sommets hauts il avance à grands pas
Sur la terre des dieux il avance à grands pas

Sur la terre des dieux il avance à grands pas
Sur la terre des dieux il avance à grands pas

Maintenant Tobadzhistshini avance à grands pas
En bas sur les petites collines basses il avance à grands pas
Sur la terre des dieux il avance à grands pas

Tournant autour du patient les « dieux » détruisent la guirlande, le libèrent. Chaque nœud doit être coupé et le chaman en examine avec attention les débris.

9e CHANT DE NAYÉNEZGANI

Tueur-des-Dieux-Étrangers
je suis cela maintenant
Porteur-du-Soleil
se lève avec moi
voyage avec moi
descend avec moi
habite avec moi
mais ne me voit pas.

Enfant-de-l'Eau
je suis cela maintenant
Porteur-de-la-Lune
se lève avec moi
voyage avec moi
descend avec moi
habite avec moi
mais ne me voit pas

Je suis Tueur-des-Dieux-Étrangers
partout où je rôde
devant moi
les forêts tout autour se répandent blanches
l'éclair s'éparpille
mais c'est moi qui en suis la cause

Je suis Enfant-de-l'Eau
partout où je rôde
derrière moi
les eaux tout autour se répandent blanches
la tempête s'éparpille
mais c'est moi qui en suis la cause.

L'éclair est l'arme du dieu de la guerre contre le mal, arme acquise de son père le Soleil, qui lui a donné des flèches rayons pour les beaux jours et des flèches éclairs pour les mauvais.

Les dieux se retirent. Le chaman laisse tomber des miettes de la robe toujours verte sur la tête du patient. Avec une brosse d'herbe il fait comme s'il balayait une influence maligne, la chassant au-dehors par le trou de fumée du toit. Il chante

Le maïs pousse la pluie descend
je le balaie je la balaie

La pluie descend le maïs pousse
je la balaie je le balaie

Les participants se retirent.

Au deuxième matin le chaman et ses assistants préparent deux longs ketans dédiés à Hastshéyalti et à Hastshéhogan qui s'appellent les ketans de la Maison du Blanc-Horizontal. Ce sont deux roseaux pleins de tabac attachés à un fil emplumé au bout. Le fil passe à travers cinq « joyaux » transpercés : coquille blanche, turquoise, abalone, jais et de nouveau coquille blanche.

À la Maison du Blanc-Horizontal (Kininaékai), le patient est supposé se tenir debout au centre du monde, c'est pour cette raison que le fil est attaché au milieu du ketan. Le fil de coton blanc représente le *biké hozhoni*, la belle et joyeuse piste de la vie, si souvent évoquée dans les chants prières, que le fidèle espère emprunter avec l'aide des dieux. « La beauté tout autour de moi fasse que je marche », disent les prières, et c'est pour cette raison que le fil passe à travers des « joyaux », dont les couleurs figurent les quatre points cardinaux. Au bout du fil se trouve une plume de dinde, oiseau de la terre, à l'autre une plume de l'oiseau navaho dont le nom signifie « il a secouru la rosée », oiseau du ciel – parce que la beauté est au-dessus et au-dessous. Pour symboliser la demande, « ma voix redonne-la-moi » ou « fasse que ma voix soit belle », le fil est attaché à des plumes d'oiseaux chanteurs dont les voix coulent dans la gaieté. La piste de la beauté passe à travers les quatre couleurs et de nouveau par le blanc de l'aube. Les cinq signes, en termes topographiques, décrivent un parcours de mort et résurrection : est / enfant, sud / guerrier adulte, ouest/portail du royaume des morts, nord / voyage dans l'autre monde, et retour à l'est, à l'aube.

Le chaman place les ketans entre les mains du patient et le guide dans le chant, vers après vers :

Dans la Maison du Blanc-Horizontal
Celui-qui-se-lève-avec-la-lumière-du-matin
Celui-qui-bouge-avec-la-lumière-du-matin
ô Hastshéyalti
j'ai préparé ton sacrifice
j'ai préparé une fumée pour toi
ses pieds redonne-les-lui
ses membres redonne-les-lui
son corps redonne-le-lui
son esprit redonne-le-lui
sa voix redonne-la-lui
aujourd'hui pour lui retire ton mauvais sort
aujourd'hui ton sort est retiré
loin de lui tu l'as retiré
très loin de lui il a été retiré
très loin de lui tu as fait cela
joyeusement il guérira

joyeusement il a guéri
joyeusement à l'intérieur de lui il fera frais
joyeusement sentant le froid fasse qu'il puisse marcher
accompli de nouveau dans la beauté
accompli de nouveau dans la beauté
dans la beauté puisses-tu marcher mon petits-fils
ainsi ce sera la beauté.

La prière est renouvelée au bénéfice du second long ketan. « Lumière du soir » et Hastshéhogan se substituent à « lumière du matin » et Hastshéyalti. Le chaman et le patient répètent la procédure pour les quatre ketans courts (roseaux remplis de tabac et peints à l'image des danseurs Naakhai qu'on verra dans la neuvième nuit). Deux sont « mâles », deux « femelles ». Pour le premier le chaman récite :

Avec le visage bleu
ô divinité homme
j'ai préparé ton sacrifice
j'ai une fumée pour toi

La suite reprend la prière antérieure. Seuls les débuts diffèrent :

Avec cette lueur jaune
ô divinité femme
j'ai préparé ton sacrifice
j'ai une fumée pour toi

Les six ketans sont portés dehors et déposés là où les « dieux » les trouveront.

Dans la loge de sudation, cette fois construite au sud, le deuxième bain de vapeur a lieu.

Dans l'après-midi on prépare la nuit des « nombreux ketans » : cinquante-deux en tout.

Troisième nuit. Nuit de l'ouest

Le crieur appelle au coucher du soleil

Biké hatali haku
Venez sur la piste du chant

Hastshéyalti entre, son quadrilatère de saule entre les mains, et le passe autour du patient et sort. À son retour il prend un ketan, le presse contre les neuf régions essentielles du corps malade afin de l'exorciser puis ressort avec le ketan. Entre une divinité femme qui utilise de manière semblable un second ketan, suivie d'Hastshéhogan pour le troisième et d'une divinité femme pour le quatrième. La séquence d'exorcisme pendant laquelle les ketans, par quatre, sont sacrifiés et enlevés dure jusqu'à épuisement des cinquante-deux ketans. Les chants de la hauteur accompagnent ce rite.

La prière du troisième matin accompagne la fabrication de huit nouveaux ketans dédiés aux dieux du sanctuaire appelé Maison Faite-d'Aube, dans le cañon de Tsegihi : quatre représentent les danseurs Atsaléi qu'on retrouvera pendant la neuvième nuit, quatre Sastsebaka, Aînés des dieux.

PREMIÈRE PRIÈRE DU MATIN

Tsegihi !
Maison faite d'aube
maison faite de lumière du soir
maison faite du nuage sombre
maison faite de pluie homme
maison faite de brouillard sombre
maison faite de pluie femme
maison faite de pollen
maison faite de sauterelle
nuage sombre est à la porte

la piste qui en sort est nuage sombre
l'éclair zigzagant se tient haut sur lui
divinité homme !
ton offrande je fais
j'ai préparé une fumée pour toi
redonne-moi mes pieds
redonne-moi mes jambes
redonne-moi mon corps
redonne-moi mon esprit
redonne-moi ma voix
ce jour même retire ton mauvais sort de moi
ton sort retire-le-moi
tu l'as retiré de moi
très loin il est parti
joyeusement je guéris
joyeusement l'intérieur de moi devient frais
joyeusement je vais de l'avant
sentant le froid à l'intérieur fasse que je marche
n'ayant plus mal fasse que je marche
insensible à la douleur fasse que je marche
avec un sentiment de vie fasse que je marche
comme c'était autrefois fasse que je marche
joyeusement fasse que je marche
joyeusement avec d'abondants nuages sombres fasse que je marche
joyeusement avec d'abondantes averses fasse que je marche
joyeusement avec d'abondantes plantes fasse que je marche
joyeusement sur une piste de pollen fasse que je marche
joyeusement fasse que je marche
mon être comme il était autrefois fasse que je marche
que cela soit très beau devant moi
que cela soit très beau derrière moi
que cela soit très beau au-dessous de moi

que cela soit très beau au-dessus de moi
que cela soit très beau tout autour de moi
accompli dans la beauté
accompli dans la beauté.

Pour le troisième bain de vapeur la loge de sudation est bâtie à l'ouest.

Tôt dans l'après-midi a lieu le bain d'amole. Le chaman met des morceaux d'amole dans un panier tressé très serré. Il ajoute de l'eau et le passe à un aide qui bat le mélange jusqu'à obtenir de la mousse. Le chaman répand du pollen à la surface. Le patient est badigeonné de cette lotion pendant que sont interprétés les Chants de l'Obscurité.

Le maïs monte la pluie descend
ça mousse ça mousse
la pluie descend le maïs monte
écume écume

Pendant les dix Chants de l'Obscurité les spectateurs sont silencieux, les danseurs plient et déplient leurs genoux tout en balançant la tête de droite à gauche. Ces chants comportent un grand nombre de syllabes privées de sens et sont considérés parmi les plus importants de la cérémonie. Si une seule de ces syllabes est omise ou déplacée, la cérémonie s'arrête immédiatement. Tout le travail est considéré comme sans valeur et il faut recommencer au début. Un exemple :

Yanehóho halanáe'ee
Yanehóho halanáe'ee
Yanehóho halanáe'ee
Yanehóho halanáe'ee
Yanehóho hanaian Yanehoho hanaian eananan
Aga'hoa'áde dasizíni eee
Hastseniayúhi dasizíni eee
Nitsési digi'ngo dasizíni eee
Yahehóho haneanaina yanehoho haneanaina yanehéhe yanaian

On lave le collier et les bijoux du chaman et du patient. On rince et on sèche le patient en le frottant avec de la farine de maïs.

CHANT DE LA FARINE

De son corps on le chasse en frottant
par Estsanatlehi c'est chassé en frottant
avec le maïs blanc c'est chassé en frottant
fait de racine de maïs c'est chassé en frottant
fait de feuille de maïs c'est chassé en frottant
fait de rosée de maïs c'est chassé en frottant
fait de houppe de maïs c'est chassé en frottant
fait de pollen c'est chassé en frottant
fait de grain de maïs c'est chassé en frottant
dans le vieil âge errant c'est chassé en frottant
sur la piste de la beauté c'est chassé en frottant

Vient ensuite la cérémonie des ketans du Chien. Malheureusement on ne connaît pas leur nature, Washington Matthews ayant égaré les notes de sa description. Les chants exécutés à cette occasion doivent être pratiquement inaudibles. Toutes les instructions, questions et réponses, qui l'accompagnent sont chuchotées.

Quatrième nuit. Nuit du nord

Le crieur appelle au coucher du soleil

Biké hatali haku
Venez sur la piste du chant

Hastshéyalti accompagné de Hastshéhogan plante un jeune arbre dans le sol de terre battue de la loge-médecine, l'incline vers le patient et l'attache à un masque posé sur le visage du malade. L'arbre et le masque sont lâchés, entraînant au loin les influences mauvaises.

Commence alors la veillée des dieux, littéralement le non-sommeil sur la piste du chant des dieux. Le patient, accompagné d'une vierge, suivi du chaman, de ses assistants et de ceux qui le désirent, éparpille du pollen sur les masques des dieux étendus sur le sol de la loge. Des prières à peine audibles accompagnent la bénédiction des masques. Ensuite des sacs de pollen circulent dans l'assemblée et quiconque souhaite participer doit avaler une pincée de pollen.

Des femmes portant des plats de nourriture cérémonielle entrent et vont se placer autour du feu, dans le sens du parcours du soleil.

Les plats, au nombre de vingt et un, sont essentiellement à base de maïs (bouillie de maïs aux cendres de cèdre, beignets de maïs vert dont la forme ressemble à des oreilles de daim), de haricots, de courges et de melons, de yucca et de baies. Ils représentent le sommet de l'art culinaire navaho. Une fois Washington Matthews remarqua qu'on y avait adjoint des boîtes de conserve de pêches.

Accompagné par les « chants de baguette magique » le chaman prépare une lotion dans un panier étanche dont il saupoudre la surface de cristaux de sel. Ses deux assistants prennent chacun une baguette, la trempent dans la lotion et en aspergent les masques et les spectateurs.

Les masques sont nourris symboliquement et tout le monde peut enfin manger.

À minuit, et d'une manière étonnamment précise pour un peuple qui n'a pas de montres, le chaman prend les masques, les secoue l'un après l'autre, les « réveille » en chantant :

Il bouge il bouge il bouge il bouge
Dans les territoires de l'aube il bouge il bouge
le pollen de l'aube il bouge il bouge
maintenant dans le vieil âge errant il bouge il bouge
maintenant sur la piste de la beauté il bouge il bouge
Il bouge il bouge il bouge il bouge

Il bouge il bouge il bouge il bouge
Dans les territoires du jaune horizontal il bouge il bouge
le pollen du soir il bouge il bouge
maintenant dans le vieil âge errant il bouge il bouge
maintenant sur la piste de la beauté il bouge il bouge
il bouge il bouge il bouge il bouge

Il bouge il bouge il bouge il bouge
maintenant Hastshéyalti il bouge il bouge
maintenant sa robe blanche de chevreuil il bouge il bouge
maintenant dans le vieil âge errant il bouge il bouge
maintenant sur la piste de la beauté il bouge il bouge
il bouge il bouge il bouge il bouge

Cette dernière stance est chantée pour chaque dieu. Changent le nom du dieu et ses attributs, jusqu'à ce que tous les masques aient été « réveillés ».

Hastshéhogan	sa jupe blanche
Dsahadoldzha	son arc de ténèbres
Ganaskidi	sa bourse de tabac blanche
Hatdastshishi	ses jambières blanches
Hastshébzka	ses tendres denrées de toute sorte
Hastshébaad	ses bijoux de toute sorte
Nayénezgani	son collier de pierre
Tobadshistshini	ses pendants d'oreille

Hastshéoltoi	son carquois en puma
Hastshézhini	ses perles blanches
Tonelili	sa gourde aux eaux mêlées
Tshohanoai	son pendentif d'abalone
Klehanoai	son pendentif de coquille blanche
Estsanatlehi	ses plantes de toute sorte

Le chaman prie tout seul

Dans la beauté que je demeure
dans la beauté que je marche
dans la beauté que demeure ma parenté homme
dans la beauté que demeure ma parenté femme
dans la beauté qu'il pleuve sur mes jeunes hommes
dans la beauté qu'il pleuve sur mes jeunes femmes
dans la beauté qu'il pleuve sur mes chefs
dans la beauté qu'il pleuve sur nous
dans la beauté que notre maïs pousse
dans la piste de pollen qu'il pleuve
dans la beauté devant nous qu'il pleuve
dans la beauté derrière nous qu'il pleuve
dans la beauté au-dessous de nous qu'il pleuve
dans la beauté au-dessus de nous qu'il pleuve
dans la beauté tout autour de nous qu'il pleuve
dans la beauté que je marche
des denrées que j'en obtienne
des bijoux que j'en obtienne
des chevaux que j'en obtienne
des moutons que j'en obtienne
des bœufs que j'en obtienne
dans le vieil âge
la très belle piste
que je marche.

La quatrième nuit s'achève par une séquence de chants que le chaman choisit parmi son vaste répertoire.

Ce peuvent être des chants de grotte, de bûche tourbillonnante, d'obscurité, de commissure des lèvres, de bossu, de tremblement, de sauterelle. L'obscurité de ces chants provient en partie de leur caractère allusif. Ils ne racontent pas d'histoire, ils font allusion à des mythes. Voici le cycle des chants du jardin du Soleil :

CHANTS DU JARDIN D'HASTSHÉHOGAN

I

La graine de maïs bleue et sacrée je plante
en une nuit elle va croître et s'épanouir
en une nuit elle pousse
dans le jardin du Dieu-Maison
la graine de maïs blanche et sacrée je plante
en un jour elle grandira et mûrira
en un jour la graine pousse
dans sa propre beauté elle pousse.

II

Ainsi grandit ainsi grandit
le nuage sombre ainsi grandit
sa propre rosée ainsi grandit
le maïs bleu ainsi grandit
ainsi grandit ainsi grandit
la brume sombre ainsi grandit
sa propre rosée ainsi grandit
le maïs blanc ainsi grandit

III

Ceci il mange ceci il mange
le nuage sombre
sa propre rosée
le maïs bleu mange
ceci il mange
ceci il mange ceci il mange
la brume sombre
sa propre rosée
le maïs blanc mange
ceci il mange.

IV

Le grand plant de maïs porte le haricot
ses petites racines sont maintenant avec le haricot
la pointe de ses feuilles est maintenant avec le haricot
ses gouttes de rosée sont maintenant avec le haricot
sa houppe est maintenant avec le haricot
son pollen est maintenant avec le haricot
et maintenant sa soie est avec le haricot
et maintenant sa graine est avec le haricot

V

En vérité à l'est
le haricot blanc
et le grand plant de maïs
sont attachés à l'éclair blanc
écoutez ! il approche !
on entend la voix de l'oiseau bleu
En vérité à l'est
le haricot blanc
et la grande courge

sont attachés à l'arc-en-ciel
écoutez ! il approche !
on entend la voix de l'oiseau bleu.

VI

À l'extrémité du grand plant de maïs l'eau gargouille je l'entends
autour des racines l'eau écume je l'entends
autour des racines des plantes elle écume je l'entends
à leurs extrémités l'eau écume je l'entends.

VII

Dans tes terres le nuage est à la hauteur du maïs
dans tes terres l'eau est à la hauteur du maïs
dans tes terres la brume est à la hauteur du maïs
dans tes terres la brume est à la hauteur du pollen.

VIII

Le maïs pousse les eaux des nuages noirs gouttent gouttent
la pluie descend les eaux des feuilles de maïs gouttent gouttent
la pluie descend les eaux des plantes gouttent gouttent
le maïs pousse les eaux des brumes sombres gouttent gouttent.

IX

Depuis les anciens jours j'ai planté
depuis le temps de l'émergence j'ai planté
le grand plant de maïs j'ai planté
ses racines j'ai planté

l'extrémité de ses feuilles j'ai planté
sa rosée j'ai planté
sa barbe j'ai planté
son pollen j'ai planté
sa soie j'ai planté
sa graine j'ai planté
Depuis les anciens jours j'ai planté
depuis le temps de l'émergence j'ai planté
la grande courge j'ai planté
sa graine j'ai planté
sa soie j'ai planté
son pollen j'ai planté
sa barbe j'ai planté
sa rosée j'ai planté
l'extrémité de ses feuilles j'ai planté
ses racines j'ai planté

X

Cueillerai-je ce fruit
né du grand plant de maïs ?
le briseras-tu le briserai-je ?
le briserai-je le briseras-tu ?
    le ferai-je le feras-tu ?
Cueillerai-je ce fruit
né de la grande courge ?
le ramasseras-tu le ramasserai-je ?
le ramasserai-je le ramasseras-tu ?
    le ferai-je le feras-tu ?

XI

Je l'arrache de ma main
les grands plants de maïs sont dispersés
je l'arrache de ma main
les plantes debout sont dispersées.

Cette séquence de chants (qui associent étroitement « les trois sœurs », le maïs, la courge et le haricot) continue jusqu'à ce qu'un crieur, de l'autre côté de la porte, annonce la première lueur de l'aube.

CHANT DU LEVER DU JOUR

Il a une voix il a une voix
juste au lever du jour Sialia appelle
l'oiseau bleu a une voix
il a une voix sa voix est mélodieuse
sa voix mélodieuse qui coule dans la joie
Sialia appelle Sialia appelle

Il a une voix il a une voix
juste au crépuscule Sialia appelle
l'oiseau Tsholgali a une voix
il a une voix sa voix est mélodieuse
sa voix mélodieuse qui coule dans la joie
Sialia appelle Sialia appelle

Le chaman prie, le patient se retire.

Pour la prière du quatrième matin un seul ketan est utilisé, représentant le mythique Tsénidzhénétyin, Celui-qui-porte-vers-l'abri-sous-la-roche. Un des assistants du chaman « sacrifie » le ketan.

Pour la quatrième et dernière fois le rite du bain de vapeur est célébré. La loge de sudation est construite au nord de la loge-médecine. Après la prière et le bain on entend les « Chants du tonnerre ».

CHANT DU TONNERRE

Thonah Thonah
il y a une voix en haut
la voix du tonnerre

à l'intérieur du nuage sombre
encore et encore elle résonne
Thonah Thonah
Thonah Thonah
il y a une voix en bas
la voix de la sauterelle
parmi les plantes
encore et encore elle résonne
Thonah Thonah
La voix qui embellit le pays
la voix d'en haut
la voix du tonnerre
à l'intérieur du nuage sombre
encore et encore elle résonne
la voix qui embellit le pays
La voix qui embellit le pays
la voix d'en bas
la voix de la sauterelle
parmi les plantes
encore et encore elle résonne
la voix qui embellit le pays.

La petite peinture de sable dite « image du lieu qui tremble » est peinte puis effacée (ce rite est facultatif).

DEUXIÈME PARTIE

LA GUÉRISON

Nuits de la Guérison (cinquième, sixième, septième et huitième nuits)

La cinquième nuit tombe, « le panier est renversé en tambour » – inaugurant ainsi la deuxième série des quatre nuits qui verront la guérison du malade : on retourne un panier sur le sol de la loge-médecine et on frappera dessus pour rythmer les chants. Les initiés (des enfants pour la plupart) sont introduits par Hastshéyalti et une divinité femme qui leur jettent de la farine de maïs. Puis on fouette les garçons symboliquement avec des tiges de yucca (les Navahos ne battent jamais leurs enfants, lorsqu'ils ne sont pas sages ils les menacent des dieux) et les filles sont massées avec des épis de maïs. Le dieu et la déesse se démasquent et à tour de rôle les initiés essaient le masque de la divinité femme. Ils jettent du pollen, aspirent l'encens et le panier est remis à l'endroit.

Le chaman et ses assistants préparent la grande peinture de sable appelée « Tourbillon de bûches » qui représente, à travers le « récit » d'une « vision » célèbre, celle de Bitahatini au lac de To'nihilin, les dieux du secours, placés sur les bras d'une grande croix. Au centre de la croix noire, un bol d'eau saupoudrée de poussière de charbon figure le lac et, sur les bras, comme assis sur des bûches flottantes, se trouvent les huit dieux, par couple. Hastshéhogan et Ganaskidi le bossu sont censés faire tourbillonner les bûches tandis que Hastshéyalti répand le pollen. Une croix de couleur (quatre couleurs : écume blanche des eaux, pollen jaune, rouge et bleu de l'arc-en-ciel) coupe la croix noire. Le corps en cercle de la déesse de l'arc-en-ciel entoure toute la peinture. Quand les chants et les danses qui auront relié le corps des dieux à celui du malade afin de le secourir auront pris fin, la peinture de sable sera effacée.

Les autres nuits se ressemblent. Chants et peintures tournent. La composition d'une peinture dure de cinq à six heures.

SYNOPSIS DU RITE DES PEINTURES

– de la farine est jetée sur les masques divins ;
– les baguettes emplumées se dressent ;
– une coupe contenant le remède est placée entre les mains de l'arc-en-ciel ;
– une infusion froide est préparée ;
– du pollen jeté sur les masques ;
– le dieu du secours est démasqué ;
– le malade entre, le chant commence ;
– le malade asperge les peintures ;
– il s'assied et se déshabille ;
– le dieu du secours revient masqué ;
– il jette de l'eau sur la peinture ;
– un assistant ramasse de la farine ;
– le dieu du secours touche les masques avec une baguette mouillée ;
– le patient s'assied sur la peinture ;
– les dieux boivent l'infusion et en donnent au malade ;
– un assistant mouille les mains du dieu ;
– poussière sacrée sur le malade ;
– le dieu du secours hurle aux oreilles du malade ;
– il sort masqué ;
– le malade sort de la peinture ;
– on l'enfume ;
– le dieu du secours revient démasqué et se déshabille ;
– les baguettes emplumées s'éloignent ;
– la peinture est défaite ;
– puis effacée ;
– on range les instruments.

TROISIÈME PARTIE

REPRISE

Neuvième nuit

Durant tout l'automne et une partie de l'hiver, dans tout le pays navaho, les jeunes gens se sont exercés au cycle de chants et de danses qui seront exécutés lors de la neuvième nuit, qui est le point culminant de la cérémonie et lui donne son nom. Les participants et assistants aux huit premières nuits, relativement peu nombreux, venus accompagnés de leurs femmes et de leurs enfants, s'étaient construit de petites huttes dans les environs. L'après-midi qui précède la neuvième nuit, c'est une foule qui déferle, trois à quatre cents personnes.

On attise quatre grands feux de chaque côté de l'espace plat ou « aire de danse » en face de la loge-médecine. Face à elle, à une distance de quelques centaines de pas, on a fabriqué une « chambre verte » *(ilnasti)*, cercle de buissons à feuilles persistantes qui sera utilisé pour les changements de costumes des participants. Par centaines les spectateurs se disposent derrière les feux, le long des deux côtés de l'aire de danse.

Les assistants du chaman peignent de terre blanche le corps des quatre danseurs qui représenteront les quatre Oiseaux-Tonnerre, ceux du maïs, de l'enfant-pluie, de la végétation et du pollen. Le chaman chante :

> Maintenant l'être sacré peint sa forme
> Garçon-Vent l'être sacré peint sa forme
> sur tout son corps il peint sa forme
> avec le nuage sombre il peint sa forme
> avec la pluie brumeuse il peint sa forme
> avec les bulles pluvieuses il peint sa forme

jusqu'au bout de ses pieds il peint sa forme
jusqu'à ses doigts et sa crécelle il peint sa forme
jusqu'à la plume sur sa tête il peint sa forme

Le vent est précurseur de la pluie. Avant de devenir pluie le danseur doit être vent (ou Garçon-Vent, ce qui met l'accent sur sa jeunesse). Le lien entre le vent, la pluie et le salut est implicite.

Pendant que les quatre danseurs Atsalei (Oiseaux-Tonnerre) gagnent la chambre verte, le panier est renversé et le chant recommence. Une fois costumés, les Atsalei, conduits par Hastshéyalti, s'approchent de l'aire de danse. Le crieur appelle :

Biké hatali haku
Venez sur la piste du chant

Le patient sort de la loge et répand de la farine sur les danseurs. Les chants à l'intérieur de la loge-médecine continuent sans interruption. S'adressant successivement à l'Oiseau-Tonnerre du pollen puis aux trois autres, le patient récite, après le chaman, vers par vers, ce qu'on peut considérer comme la plus longue prière du *Chant de la nuit des chants*, puisqu'elle a cent vers et qu'elle est quatre fois répétée.

À Tsegihi
dans la maison faite d'aube
dans la maison faite de crépuscule
dans la maison faite de nuage noir
dans la maison de la pluie-homme
dans la maison du brouillard sombre
dans la maison de la pluie-femme
dans la maison faite de pollen
dans la maison faite de sauterelle
où le brouillard sombre ferme la porte de son rideau
le sentier qui va vers lui est l'arc-en-ciel

où l'éclair tordu se tient haut debout sur le sommet
où l'homme-pluie se tient haut debout sur le sommet
ô divinité mâle !
avec tes mocassins de nuage sombre viens à nous
avec tes jambières de nuage sombre viens à nous
avec ta chemise de nuage sombre viens à nous
avec ta coiffe de nuage sombre viens à nous
avec ton esprit enveloppé de nuage sombre viens à nous
avec le tonnerre sombre au-dessus de toi viens à nous
en planant
avec la forme du nuage à tes pieds viens à nous
en planant
avec l'obscurité lointaine faite de nuages obscurs
au-dessus de ta tête viens à nous en planant
avec l'obscurité lointaine faite de pluie-homme
au-dessus de ta tête viens à nous en planant
avec l'obscurité lointaine faite de nuage sombre
au-dessus de ta tête viens à nous en planant
avec l'obscurité lointaine faite de pluie-femme
au-dessus de ta tête viens à nous en planant
avec l'éclair tordu haut jeté au-dessus de ta tête
viens à nous en planant
avec l'arc-en-ciel haut suspendu au-dessus de ta tête
viens à nous en planant
avec l'obscurité lointaine faite de pluie-homme
à l'extrémité de tes ailes viens à nous en planant
avec l'obscurité lointaine faite de nuage sombre
à l'extrémité de tes ailes viens à nous en planant
avec l'obscurité lointaine faite de pluie-femme
à l'extrémité de tes ailes viens à nous en planant
avec l'éclair brisé haut jeté à l'extrémité de tes ailes
viens à nous en planant
avec l'arc-en-ciel haut suspendu à l'extrémité de tes
ailes
viens à nous en planant

avec l'obscurité proche faite de nuage sombre de pluie-
    homme et de brouillard sombre de pluie-femme
viens à nous en planant
avec l'obscurité de la terre viens à nous en planant
avec ces mots je souhaite les plumes qui flottent sur
    l'eau
courante au-dessus des racines du grand maïs
  j'ai préparé ton sacrifice
j'ai préparé une fumée pour toi
mes pieds redonne-les-moi
mes membres redonne-les-moi
mon corps redonne-le-moi
mon esprit redonne-le-moi
ma voix redonne-la-moi
aujourd'hui retire ton mauvais sort de moi
aujourd'hui éloigne ton sort de moi
loin de moi tu l'as retiré
très loin de moi il est retiré
très loin tu as fais cela
joyeusement je guéris
joyeusement l'intérieur de moi devient frais
joyeusement ma tête devient fraîche
joyeusement mes membres retrouvent leur pouvoir
joyeusement j'entends de nouveau
joyeusement pour moi le mauvais sort est retiré
joyeusement fasse que je marche
insensible à la douleur fasse que je marche
léger à l'intérieur fasse que je marche
avec un sentiment de vie fasse que je marche
joyeusement d'abondants nuages sombres je désire
joyeusement d'abondantes brumes sombres je désire
joyeusement d'abondantes averses passagères je désire
joyeusement une végétation abondante je désire
joyeusement un pollen abondant je désire
joyeusement une rosée abondante je désire
joyeusement que le beau maïs blanc

jusqu'aux extrémités de la terre vienne avec toi
joyeusement que le beau maïs jaune
jusqu'aux extrémités de la terre vienne avec toi
joyeusement que le beau maïs bleu
jusqu'aux extrémités de la terre vienne avec toi
joyeusement que les belles denrées de toutes sortes
jusqu'aux extrémités de la terre viennent avec toi
joyeusement que les beaux bijoux de toute sorte
jusqu'aux extrémités de la terre viennent avec toi
avec eux devant toi joyeusement
fasse qu'ils viennent avec toi
avec eux derrière toi joyeusement
fasse qu'ils viennent avec toi
avec eux au-dessous de toi joyeusement
fasse qu'ils viennent avec toi
avec eux au-dessus de toi joyeusement
fasse qu'ils viennent avec toi
avec eux tout autour de toi joyeusement
fasse qu'ils viennent avec toi
ainsi joyeusement tu accomplis tes tâches
joyeusement les vieux hommes te regarderont
joyeusement les vieilles femmes te regarderont
joyeusement les jeunes hommes te regarderont
joyeusement les jeunes femmes te regarderont
joyeusement les garçons te regarderont
joyeusement les filles te regarderont
joyeusement les enfants te regarderont
joyeusement les chefs te regarderont
joyeusement pendant qu'ils se dispersent
dans toutes les directions ils te regarderont
joyeusement pendant qu'ils s'approchent de leur maison
ils te regarderont
joyeusement fasse que le chemin du retour soit pour eux
sur la voie du pollen
joyeusement fasse qu'ils retournent tous

dans la beauté je marche
avec la beauté devant moi je marche
avec la beauté derrière moi je marche
avec la beauté au-dessous de moi je marche
avec la beauté au-dessus de moi je marche
avec la beauté tout autour de moi je marche
accompli dans la beauté
accompli dans la beauté
accompli dans la beauté
accompli dans la beauté

La danse commence.

Les danseurs gagnent la chambre verte, enlèvent leurs masques et se retirent pour une prière silencieuse, mais dans la loge le chant se poursuit continûment.

Douze dieux, les danseurs Naakhai, sortent de la chambre verte accompagnés par Hastshéyalti et le chaman. Tonelili les suit de près.

Tonelili, dieu de la pluie, joue le rôle d'un clown dansant à contretemps, singeant les autres danseurs et les gênant. Ainsi à la suite vent pluie salut il faut adjoindre un quatrième terme : comédie.

Dehors les chanteurs recommencent par le prélude habituel :

Ohohohoho Héhehe héya héya
Ohohohoho Héhehe héya héya

Toute la nuit, s'arrêtant et recommençant à intervalles réguliers, les chants et danses du dehors alternent avec le chant dans la loge, qui est une reprise des cycles entendus pendant les huit nuits précédentes auxquels sont adjoints de nouveaux.

L'aube arrive.

DERNIER CHANT

Dans la vallée blanche l'eau repose
le jeune homme est dans le doute
le sacrifice préparé
maintenant le dieu le prend
avec lui maintenant il guérit
avec lui maintenant la famille remercie

Dans la prairie verte l'eau repose
la jeune fille est dans le doute
le sacrifice préparé
maintenant le dieu le prend
avec lui maintenant il guérit
avec lui maintenant la famille remercie

Le panier est retourné. La baguette du tambour (formée de feuilles de yucca tressées) est portée à l'extérieur par un assistant qui la met en pièces et répand du pollen sur les débris, répétant à voix basse la bénédiction :

ainsi ce sera la beauté
ainsi marche dans la beauté mon petit-fils

Le patient, face à l'est, respire le souffle de l'aube.

Bibliographie

Les chiffres entre crochets renvoient aux différents chapitres du livre.

Alcheringa, n° 4, 1972 [6], [7], et nouvelle série, vol. 1, n° 1, 1975, Boston University.

Astrov, Margot, *American Indian Prose and poetry*, New York, Capricorn Books, 1962 [6], [7].

Bierhorst, John, *Four Masterpieces of American Indian Literature*, New York, Farrar, Strauss & Giroux, 1974 [10].

Boas, Franz, *The Ethnology of the Kwakiutl*, 35th report of the Bureau of American Ethnology, Washington, 1921 [4].

Brinton, D.G., *The Lenape and Their Legends*, Philadelphie, 1885 [1].

Curtis, Natalie, *The Indians' Book*, 1907 ; nouv. éd., New York, Dover Books, 1968 [6].

Densmore, Frances, *Chippewa Music* [9], et *Pawnee Music* [7], New York, Da Capo Press, 1972 (rééd.).

Grove Day, A., *The Sky Clears*, University of Nebraska Press, 1951 [7].

Matthews, Washington, *Navaho Ceremony*, Memoirs of the American Museum of Natural History, vol. VI, 1902 [10], et *Navaho Legends*, The American Folklore Society, 1897 [2].

Mooney, James, *The Ghost Dance Religion*, Bureau of American Ethnology, 1896 [3].

Norman, Howard A., *The Wishing Bone Cycle*, New York, Stonehill Publishing Company (Stonehill Communication, droits réservés), 1976 ; *L'Os à vœux*, trad. fr. par Laurent S. Munnich, Paris, Les Presses d'aujourd'hui, 1982 [5], [8].

Nuit des chants (la), voir Matthews.

Ortiz, Simon, voir revue *Alcheringa*.

Peek, Walter W., et Sanders, Thomas E., *Literature of the American Indians*, Encino (Calif.), Glencoe Presses, 1973 [7].

Radin, Paul, *The Trickster*, New York, 1956 [6].

Rothenberg, Jerome, *Shaking the Pumpkin*, Doubleday Anchor Books, 1972 [4], [6], [7].

Voegelin, Charles, *et al., Walam Olum or Red Score*, Indianapolis, Indiana Historical Society, 1954 [1].

Walam Olum, voir Brinton et Voegelin *et al.*

Berger, Yves et Dubois, Daniel, *Les Indiens des Plaines*, Paris, Dargaud, 1978 [4].

Delanoe, Nelcya, *L'Entaille rouge*, Paris, Maspero, 1982.

Élan-Noir et Neihardt, John, *Élan-Noir* (New York, 1932), Paris, Stock, 1977 [4].

Péret, Benjamin, *Anthologie des mythes, légendes et contes populaires d'Amérique*, Paris, Albin Michel, 1960 [1].

Tahca Ushte et Erdoes, Richard, *De mémoire indienne*, Paris, Plon, coll. « Terre humaine », 1977 [4].

Certains de ces textes ont paru dans les revues :

– *Action poétique*, nos 56 et 70 ;

– *Po&sie*, nos 13 et 21.

Remerciements

Nous remercions les tribus suivantes :

I

Pour Walam Olum .... les Lenapes
Pour le poème de l'Émergence ..... les Navahos
Pour Seconde Genèse............. les Païutes, les Kiowas, les Arapahos, les Dakotas, les Pawnees

II

Pour Dire le nom .... toutes
Pour Poèmes noms................ les Crees

III

Pour ?
p. 113 .... les Navahos
p. 115 .... les Caddos
p. 116 .... les Païutes
p. 117 .... les Yuroks
p. 120 .... les Nez-Percés

p. 123 .... les Winnebagos
p. 134 .... les Nez-Percés
p. 136 .... les Pawnees
Pour les Grands-Parents
p. 147 .... les Senecas
p. 150 .... les Osages
p. 151 .... les Navahos
p. 152 .... les Senecas
p. 153 .... les Navahos
p. 154 .... les Crees
p. 155 .... les Pimas
p. 156 .... les Yumas
p. 158 .... les Navahos
p. 159 .... les Tlingits
p. 160 .... les Cheyennes
p. 162 .... les Ojibwas
p. 163 .... les Sioux
Pour Poèmes de l'Os magique ...... les Crees

IV

Pour Chants pour écorce .... les Chippewas
Pour la Nuit des chants. .... les Navahos

ET

Pour Raconter Coyote .... Simon Ortiz
Pour Chant de chaman .... Jaime de Angulo

Table

DU MÊME AUTEUR

DES MÊMES AUTEURS

Graal théâtre
Gallimard, 1977
rééd. complétée, 2005

OUVRAGES DE FLORENCE DELAY

Minuit sur les jeux
Gallimard, 1973
et « L'imaginaire », n° 487

Le aïe aïe de la corne de brume
Gallimard, 1975
et « Folio », n° 1554

L'insuccès de la fête
Gallimard, 1980
et « L'Imaginaire », n° 244

Riche et Légère
prix Femina
Gallimard, 1983
et « Folio », n° 2168

Course d'amour pendant le deuil
Gallimard, 1986

Petites Formes en prose après Edison
Hachette, coll. « Texte du XXe siècle », 1987
rééd. Fayard, 2001

Les Dames de Fontainebleau
Franco Maria Ricci, 1987

Le Livre sacré de l'ancienne Égypte : papyrus d'Ani
en coll. avec Edmund Dondelinger
P. Lebaud, 1987

Etxemendi
prix François Mauriac
Gallimard, 1990
et « Folio », n° 2398

L'Hexaméron
(en collaboration)
Seuil, 1990

Semaines de Suzanne
(en collaboration)
Minuit, 1991

Catalina : enquête
Seuil, 1994
et « Points », n° P1166

Œillet rouge sur le sable
illustrations de Francis Marmande
Fourbis, 1994
rééd. Farrago, 2002

La Fin des temps ordinaires
Gallimard, 1996

La Séduction brève
Gallimard, 1997

Dit Nerval
prix de l'essai de l'Académie française
Gallimard, coll. « L'Un et l'autre », 1999
et « Folio », n° 4066

Discours de réception à l'Académie française
et réponse d'Hector Bianciotti
Gallimard, 2003

Trois Désobéissances
Gallimard, 2004

Ouvrages de Jacques Roubaud

E (epsilon)
Gallimard, 1967
et « Poésie/Gallimard », n° 227

Mono no aware : le sentiment des choses
(cent quarante trois poèmes empruntés au japonais)
Gallimard, 1970

Renga
(en collaboration avec O. Paz, C.Tomlinson, E. Sanguineti)
Gallimard, 1971

Trente et un au cube
Gallimard, 1973

Mezura
Éditions de l'Atelier, 1975

Autobiographie, chapitre dix
Gallimard, 1977

Inimaginaire IV
(en collaboration avec P.L. Rossi, P. Lartigue, L. Ray)
Privately printed. La Ferté Macé

Graal Fiction
Gallimard, 1978

La Vieillesse d'Alexandre :
Essai sur quelques états récents du vers français
Maspero, Action poétique, 1978
Ramsay, 1988
Ivrea, 2000

Dors, *précédé de* Dire la poésie
Gallimard, 1981

Le Roi Arthur :
au temps des chevaliers et des enchanteurs
Hachette, «Echos/personnages», 1983

Les Animaux de tout le monde
(poèmes illustrés par Marie Borel et Jean-Yves Cousseau)
Ramsay, 1983
Édition augmentée, Seghers, 1990
Seghers Jeunesse, 2004

La Belle Hortense
Ramsay, 1985
Seghers, 1990
Seuil, « Points », n° P202

Quelque chose noir
Gallimard, 1986
et « Poésie/Gallimard », n° 366

Petit traité invitant à la découverte de l'art subtil du go
(avec Georges Perec et Pierre Lusson)
Christian Bourgois, 1986, 2003

La Fleur inverse :
Essai sur l'art formel des troubadours
Ramsay, 1986
Les Belles Lettres, 1994, 2e édition

La Bibliothèque oulipienne
(en collaboration avec Paul Fournel)
Seghers, 1987-1990, 3 volumes

L'Enlèvement d'Hortense
Ramsay, 1987
Seghers, 1991
Seuil, « Points », n° P212

Le Grand Incendie de Londres
récit, avec incises et bifurcations, 1985-1987
Seuil, « Fiction & Cie », 1989

Échanges de la lumière
Éditions Métailié, 1990

L'Hexaméron
(en collaboration)
Seuil, « Fiction & Cie », 1990

La Princesse Hoppy ou le Conte du Labrador
Hatier, « Fées et Gestes », 1990

L'Exil d'Hortense
Seghers, 1990
Seuil, « Points », n° P224

Les Animaux de personne
(poèmes illustrés par Marie Borel et Jean-Yves Cousseau)
Seghers, « Volubile », 1991
Seghers Jeunesse, 2004

Impressions de France
Hatier, « Brèves », 1991

La Pluralité des mondes de Lewis
Gallimard, 1991

L'invention du fils de Léopepres : poésie et mémoire
Éditions Circé, 1993, 2000

L'image dans le tapis
Éd. Plume, 1993

La Boucle
Seuil, « Fiction & Cie », 1993

Monsieur Goodman rêve de chats
Gallimard, « Folio Cadet or », 1994

Mille et tre, deux : 200 pièces
(avec Micaëla Henich)
Théâtre typographique, 1995

Poésie etcetera, ménage
Stock, 1995

La Fenêtre veuve : prose orale
Théâtre typographique, 1996

L'Abominable tisonnier de John McTaggart
Ellis McTaggart :
et autres vies plus ou moins brèves
Seuil, «Fiction & Cie», 1997

Ciel et Terre, et ciel et terre, et ciel
Flohic, 1997

Le Voyage d'hier
(avec *Le Voyage d'hiver*, de Georges Perec)
Le Passeur, 1997

Mathématique:
Seuil, «Fiction & Cie», 1997

La Dernière Balle perdue
Fayard, 1997

La Ballade et le Chant royal
Les Belles Lettres, 1998

Quel avenir pour la mémoire ?
(avec Maurice Bernard)
Gallimard, « Découvertes », 1998

La forme d'une ville change plus vite, hélas,
que le cœur des humains
Gallimard, 1999
et « Poésie/Gallimard », n° 418

Poésie
Seuil, « Fiction & Cie », 2000

Traduire : journal
Éd. Nous, 2000

La Bibliothèque de Warburg
Seuil, « Fiction & Cie », 2002

Chruchill 40 et autres sonnets de voyage, 2000-2003
Gallimard, 2004

Sous le soleil : vanité des vanités
Bayard, 2004

Tokyo infra-ordinaire
Inventaire Invention, 2003, 2005

Roubaud-Lévêque : Alice et les 36 garçons
Musée d'art contemporain du Val-de-Marne, 2006

Nous, les moins-que-riens, fils aînés de personne
Fayard, 2006

RÉALISATION : I.G.S. - CHARENTE PHOTOGRAVURE À L'ISLE-D'ESPAGNAC
IMPRESSION : NORMANDIE ROTO IMPRESSION S.A.S., À LONRAI
DÉPÔT LÉGAL : AVRIL 2007. N° 92674-3 (1501988)
IMPRIMÉ EN FRANCE

Collection Points Poésie

P1446. Œuvre poétique, *Léopold Sédar Senghor*
P1447. Cadastre, *suivi de* Moi, laminaire…, *Aimé Césaire*
P1448. La Terre vaine et autres poèmes, *Thomas Stearns Eliot*
P1449. Le Reste du voyage et autres poèmes, *Bernard Noël*
P1450. Haïkus, *anthologie*
P1466. Élégies de Duino *suivi de* Sonnets à Orphée
Rainer Maria Rilke
P1467. Rilke, *Philippe Jaccottet*
P1502. Mexico City Blues, *Jack Kerouac*
P1503. Poésie verticale, *Roberto Juarroz*
P1572. Renverse du souffle, *Paul Celan*
P1573. Pour un tombeau d'Anatole, *Stéphane Mallarmé*
P1574. 95 poèmes, *E. E. Cummings*
P1615. Clair-obscur, *Jean Cocteau*
P1651. Poèmes païens de Alberto Caeiro et Ricardo Reis
Fernando Pessoa
P1652. La Rose de personne, *Paul Celan*
P1653. Caisse claire, poèmes 1990-1997, *Antoine Emaz*

Collection Points

DERNIERS TITRES PARUS

P1000. Le Monde de Sophie, *Jostein Gaarder*
P1001. Suave comme l'éternité, *George P. Pelecanos*
P1002. Cinq mouches bleues, *Carmen Posadas*
P1003. Le Monstre, *Jonathan Kellerman*
P1004. À la trappe !, *Andrew Klavan*
P1005. Urgence, *Sara Paretsky*
P1006. Galindez, *Manuel Vázquez Montalbán*
P1007. Le Sanglot de l'homme blanc, *Pascal Bruckner*
P1008. La Vie sexuelle de Catherine M., *Catherine Millet*
P1009. La Fête des Anciens, *Pierre Mertens*
P1010. Une odeur de mantèque, *Mohammed Khaïr-Eddine*
P1011. N'oublie pas mes petits souliers, *Joseph Connolly*
P1012. Les Bonbons chinois, *Mian Mian*
P1013. Boulevard du Guinardó, *Juan Marsé*
P1014. Des lézards dans le ravin, *Juan Marsé*
P1015. Besoin de vélo, *Paul Fournel*
P1016. La Liste noire, *Alexandra Marinina*
P1017. La Longue Nuit du sans-sommeil, *Lawrence Block*
P1018. Perdre, *Pierre Mertens*
P1019. Les Exclus, *Elfriede Jelinek*
P1020. Putain, *Nelly Arcan*
P1021. La Route de Midland, *Arnaud Cathrine*
P1022. Le Fil de soie, *Michèle Gazier*
P1023. Paysages originels, *Olivier Rolin*
P1024. La Constance du jardinier, *John le Carré*
P1025. Ainsi vivent les morts, *Will Self*
P1026. Doux Carnage, *Toby Litt*
P1027. Le Principe d'humanité, *Jean-Claude Guillebaud*
P1028. Bleu, histoire d'une couleur, *Michel Pastoureau*
P1029. Speedway, *Philippe Thirault*
P1030. Les Os de Jupiter, *Faye Kellerman*
P1031. La Course au mouton sauvage, *Haruki Murakami*
P1032. Les Sept Plumes de l'aigle, *Henri Gougaud*
P1033. Arthur, *Michel Rio*
P1034. Hémisphère Nord, *Patrick Roegiers*
P1035. Disgrâce, *J.M. Coetzee*
P1036. L'Âge de fer, *J.M. Coetzee*
P1037. Les Sombres Feux du passé, *Chang-rae Lee*
P1038. Les Voix de la liberté, *Michel Winock*
P1039. Nucléaire Chaos, *Stéphanie Benson*
P1040. Bienheureux ceux qui ont soif…, *Anne Holt*

P1041. Le Marin à l'ancre, *Bernard Giraudeau*
P1042. L'Oiseau des ténèbres, *Michael Connelly*
P1043. Les Enfants des rues étroites, *Abdelhak Sehrane*
P1044. L'Île et Une Nuit, *Daniel Maximin*
P1045. Bouquiner, *Annie François*
P1046. Nat Tate, *William Boyd*
P1047. Le Grand Roman indien, *Shashi Tharoor*
P1048. Les Lettres mauves, *Lawrence Block*
P1049. L'Imprécateur, *René-Victor Pilhes*
P1050. Le Stade de Wimbledon, *Daniele Del Giudice*
P1051. La Deuxième Gauche, *Hervé Hamon et Patrick Rotman*
P1052. La Tête en bas, *Noëlle Châtelet*
P1053. Le Jour de la cavalerie, *Hubert Mingarelli*
P1054. Le Violon noir, *Maxence Fermine*
P1055. Vita Brevis, *Jostein Gaarder*
P1056. Le Retour des caravelles, *António Lobo Antunes*
P1057. L'Enquête, *Juan José Saer*
P1058. Pierre Mendès France, *Jean Lacouture*
P1059. Le Mètre du monde, *Denis Guedj*
P1060. Mort d'une héroïne rouge, *Qiu Xiaolong*
P1061. Angle mort, *Sara Paretsky*
P1062. La Chambre d'écho, *Régine Detambel*
P1063. Madame Seyerling, *Didier Decoin*
P1064. L'Atlantique et les Amants, *Patrick Grainville*
P1065. Le Voyageur, *Alain Robbe-Grillet*
P1066. Le Chagrin des Belges, *Hugo Claus*
P1067. La Ballade de l'impossible, *Haruki Murakami*
P1068. Minoritaires, *Gérard Miller*
P1069. La Reine scélérate, *Chantal Thomas*
P1070. Trompe la mort, *Lawrence Block*
P1071. V'là aut' chose, *Nancy Star*
P1072. Jusqu'au dernier, *Deon Meyer*
P1073. Le Rire de l'ange, *Henri Gougaud*
P1074. L'Homme sans fusil, *Ysabelle Lacamp*
P1075. Le Théoriste, *Yves Pagès*
P1076. L'Artiste des dames, *Eduardo Mendoza*
P1077. Les Turbans de Venise, *Nedim Gürsel*
P1078. Zayni Barakat, *Ghamal Ghitany*
P1079. Éloge de l'amitié, ombre de la trahison
Tahar Ben Jelloun
P1080. La Nostalgie du possible. Sur Pessoa
Antonio Tabucchi
P1081. La Muraille invisible, *Henning Mankell*
P1082. Ad vitam aeternam, *Thierry Jonquet*
P1083. Six mois au fond d'un bureau, *Laurent Laurent*
P1084. L'Ami du défunt, *Andreï Kourkov*

P1085. Aventures dans la France gourmande, *Peter Mayle*
P1086. Les Profanateurs, *Michael Collins*
P1087. L'Homme de ma vie, *Manuel Vázquez Montalbán*
P1088. Wonderland Avenue, *Michael Connelly*
P1089. L'Affaire Paola, *Donna Leon*
P1090. Nous n'irons plus au bal, *Michelle Spring*
P1091. Les Comptoirs du Sud, *Philippe Doumenc*
P1092. Foraine, *Paul Fournel*
P1093. Mère agitée, *Nathalie Azoulay*
P1094. Amanscale, *Maryline Desbiolles*
P1095. La Quatrième Main, *John Irving*
P1096. La Vie devant ses yeux, *Laura Kasischke*
P1097. Foe, *J. M. Coetzee*
P1098. Les Dix Commandements, *Marc-Alain Ouaknin*
P1099. Errance, *Raymond Depardon*
P1100. Dr la Mort, *Jonathan Kellerman*
P1101. Tatouage à la fraise, *Lauren Henderson*
P1102. La Frontière, *Patrick Bard*
P1103. La Naissance d'une famille, *T. Berry Brazelton*
P1104. Une mort secrète, *Richard Ford*
P1105. Blanc comme neige, *George P. Pelecanos*
P1106. Jours tranquilles à Belleville, *Thierry Jonquet*
P1107. Amants, *Catherine Guillebaud*
P1108. L'Or du roi, *Arturo Pérez-Reverte*
P1109. La Peau d'un lion, *Michael Ondaatje*
P1110. Funérarium, *Brigitte Aubert*
P1111. Requiem pour une ombre, *Andrew Klavan*
P1113. Tigre en papier, *Olivier Rolin*
P1114. Le Café Zimmermann, *Catherine Lépront*
P1115. Le Soir du chien, *Marie-Hélène Lafon*
P1116. Hamlet, pan, pan, pan, *Christophe Nicolas*
P1117. La Caverne, *José Saramago*
P1118. Un ami parfait, *Martin Suter*
P1119. Chang et Eng le double-garçon, *Darin Strauss*
P1120. Les Amantes, *Elfriede Jelinek*
P1121. L'Étoffe du diable, *Michel Pastoureau*
P1122. Meurtriers sans visage, *Henning Mankell*
P1123. Taxis noirs, *John McLaren*
P1124. La Revanche de Dieu, *Gilles Kepel*
P1125. À ton image, *Louise L. Lambrichs*
P1126. Les Corrections, *Jonathan Franzen*
P1127. Les Abeilles et la Guêpe, *François Maspero*
P1128. Les Adieux à la Reine, *Chantal Thomas*
P1129. Dondog, *Antoine Volodine*
P1130. La Maison Russie, *John le Carré*
P1131. Livre de chroniques, *António Lobo Antunes*

P1132. L'Europe en première ligne, *Pascal Lamy*
P1133. Les Nouveaux Maîtres du monde, *Jean Ziegler*
P1134. Tous des rats, *Barbara Seranella*
P1135. Des morts à la criée, *Ed Dee*
P1136. Allons voir plus loin, veux-tu ?, *Anny Duperey*
P1137. Les Papas et les Mamans, *Diastème*
P1138. Phantasia, *Abdelwahab Meddeb*
P1139. Métaphysique du chien, *Philippe Ségur*
P1140. Mosaïque, *Claude Delarue*
P1141. Dormir accompagné, *António Lobo Antunes*
P1142. Un monde ailleurs, *Stewart O'Nan*
P1143. Rocks Springs, *Richard Ford*
P1144. L'Ami de Vincent, *Jean-Marc Roberts*
P1145. La Fascination de l'étang, *Virginia Woolf*
P1146. Ne te retourne pas, *Karin Fossum*
P1147. Dragons, *Marie Desplechin*
P1148. La Médaille, *Lydie Salvayre*
P1149. Les Beaux Bruns, *Patrick Gourvennec*
P1150. Poids léger, *Olivier Adam*
P1151. Les Trapézistes et le Rat, *Alain Fleischer*
P1152. À livre ouvert, *William Boyd*
P1153. Péchés innombrables, *Richard Ford*
P1154. Une situation difficile, *Richard Ford*
P1155. L'éléphant s'évapore, *Haruki Murakami*
P1156. Un amour dangereux, *Ben Okri*
P1157. Le Siècle des communismes, *ouvrage collectif*
P1158. Funky Guns, *George P. Pelecanos*
P1159. Les Soldats de l'aube, *Deon Meyer*
P1160. Le Figuier, *François Maspero*
P1161. Les Passagers du Roissy-Express, *François Maspero*
P1162. Visa pour Shanghai, *Qiu Xiaolong*
P1163. Des dahlias rouge et mauve, *Frédéric Vitoux*
P1164. Il était une fois un vieux couple heureux
Mohammed Khaïr-Eddine
P1165. Toilette de chat, *Jean-Marc Roberts*
P1166. Catalina, *Florence Delay*
P1167. Nid d'hommes, *Lu Wenfu*
P1168. La Longue Attente, *Ha Jin*
P1169. Pour l'amour de Judith, *Meir Shalev*
P1170. L'Appel du couchant, *Gamal Ghitany*
P1171. Lettres de Drancy
P1172. Quand les parents se séparent, *Françoise Dolto*
P1173. Amours sorcières, *Tahar Ben Jelloun*
P1174. Sale temps, *Sara Paretsky*
P1175. L'Ange du Bronx, *Ed Dee*
P1176. La Maison du désir, *France Huser*

P1177. Cytomégalovirus, *Hervé Guibert*
P1178. Les Treize Pas, *Mo Yan*
P1179. Le Pays de l'alcool, *Mo Yan*
P1180. Le Principe de Frédelle, *Agnès Desarthe*
P1181. Les Gauchers, *Yves Pagès*
P1182. Rimbaud en Abyssinie, *Alain Borer*
P1183. Tout est illuminé, *Jonathan Safran Foer*
P1184. L'Enfant zigzag, *David Grossman*
P1185. La Pierre de Rosette, *Robert Solé et Dominique Valbelle*
P1186. Le Maître de Pétersbourg, *J. M. Coetzee*
P1187. Les Chiens de Riga, *Henning Mankell*
P1188. Le Tueur, *Eraldo Baldini*
P1189. Un silence de fer, *Marcello Fois*
P1190. La Filière du jasmin, *Denise Hamilton*
P1191. Déportée en Sibérie, *Margarete Buber-Neumann*
P1192. Les Mystères de Buenos Aires, *Manuel Puig*
P1193. La Mort de la phalène, *Virginia Woolf*
P1194. Sionoco, *Leon De Winter*
P1195. Poèmes et chansons, *Georges Brassens*
P1196. Innocente, *Dominique Souton*
P1197. Taking Lives / Destins violés, *Michael Pye*
P1198. Gang, *Toby Litt*
P1199. Elle est partie, *Catherine Guillebaud*
P1200. Le Luthier de Crémone, *Herbert Le Porrier*
P1201. Le Temps des déracinés, *Elie Wiesel*
P1202. Les Portes du sang, *Michel Del Castillo*
P1203. Featherstone, *Kirsty Gunn*
P1204. Un vrai crime pour livres d'enfants, *Chloe Hooper*
P1205. Les Vagabonds de la faim, *Tom Kromer*
P1206. Mister Candid, *Jules Hardy*
P1207. Déchaînée, *Lauren Henderson*
P1208. Hypnose mode d'emploi, *Gérard Miller*
P1209. Corse, *Jean-Noël Pancrazi et Raymond Depardon*
P1210. Le Dernier Viking, *Patrick Grainville*
P1211. Charles et Camille, *Frédéric Vitoux*
P1212. Siloé, *Paul Gadenne*
P1213. Bob Marley, *Stephen Davies*
P1214. Ça ne peut plus durer, *Joseph Connolly*
P1215. Tombe la pluie, *Andrew Klavan*
P1216. Quatre soldats, *Hubert Mingarelli*
P1217. Les Cheveux de Bérénice, *Denis Guedj*
P1218. Les Garçons d'en face, *Michèle Gazier*
P1219. Talion, *Christian de Montella*
P1220. Les Images, *Alain Rémond*
P1221. La Reine du Sud, *Arturo Pérez-Reverte*
P1222. Vieille menteuse, *Anne Fine*

P1223. Danse, danse, danse, *Haruki Murakami*
P1224. Le Vagabond de Holmby Park, *Herbert Lieberman*
P1225. Des amis haut placés, *Donna Leon*
P1226. Tableaux d'une ex, *Jean-Luc Benoziglio*
P1227. La Compagnie, le grand roman de la CIA, *Robert Little*
P1228. Chair et sang, *Jonathan Kellerman*
P1230. Darling Lilly, *Michael Connelly*
P1231. Les Tortues de Zanzibar, *Giles Foden*
P1232. Il a fait l'idiot à la chapelle !, *Daniel Auteuil*
P1233. Lewis & Alice, *Didier Decoin*
P1234. Dialogue avec mon jardinier, *Henri Cueco*
P1235. L'Émeute, *Shashi Tharoor*
P1236. Le Palais des Miroirs, *Amitav Ghosh*
P1237. La Mémoire du corps, *Shauna Singh Baldwin*
P1238. Middlesex, *Jeffrey Eugenides*
P1239. Je suis mort hier, *Alexandra Marinina*
P1240. Cendrillon, mon amour, *Lawrence Block*
P1241. L'Inconnue de Baltimore, *Laura Lippman*
P1242. Berlinale Blitz, *Stéphanie Benson*
P1243. Abattoir 5, *Kurt Vonnegut*
P1244. Catalogue des idées reçues sur la langue
Marina Yaguello
P1245. Tout se paye, *George P. Pelecanos*
P1246. Autoportrait à l'ouvre-boîte, *Philippe Ségur*
P1247. Tout s'avale, *Hubert Michel*
P1248. Quand on aime son bourreau, *Jim Lewis*
P1249. Tempête de glace, *Rick Moody*
P1250. Dernières nouvelles du bourbier, *Alexandre Ikonnikov*
P1251. Le Rameau brisé, *Jonathan Kellerman*
P1252. Passage à l'ennemie, *Lydie Salvayre*
P1253. Une saison de machettes, *Jean Hatzfeld*
P1254. Le Goût de l'avenir, *Jean-Claude Guillebaud*
P1255. L'étoile d'Alger, *Aziz Chouaki*
P1256. Cartel en tête, *John McLaren*
P1257. Sans penser à mal, *Barbara Seranella*
P1258. Tsili, *Aharon Appelfeld*
P1259. Le Temps des prodiges, *Aharon Appelfeld*
P1260. Ruines-de-Rome, *Pierre Sengès*
P1261. La Beauté des loutres, *Hubert Mingarelli*
P1262. La Fin de tout, *Jay McInerney*
P1263. Jeanne et les siens, *Michel Winock*
P1264. Les Chats mots, *Anny Duperey*
P1265. Quand j'avais cinq ans, je m'ai tué, *Howard Buten*
P1266. Vers l'âge d'homme, *J. M. Coetzee*
P1267. L'Invention de Paris, *Eric Hazan*
P1268. Chroniques de l'oiseau à ressort, *Haruki Murakami*

P1269. En crabe, *Günter Grass*
P1270. Mon père, ce harki, *Dalila Kerchouche*
P1271. Lumière morte, *Michael Connelly*
P1272. Détonations rapprochées, *C. J. Box*
P1273. Lorsque la nature parlait aux Égyptiens
Christiane Desroches Noblecourt
P1274. Les Réquisitoires du Tribunal des Flagrants Délires 1
Pierre Desproges
P1275. Les Réquisitoires du Tribunal des Flagrants Délires 2
Pierre Desproges
P1276. Un amant naïf et sentimental, *John le Carré*
P1277. Fragiles, *Philippe Delerm et Martine Delerm*
P1278. La Chambre blanche, *Christine Jordis*
P1279. Adieu la vie, adieu l'amour, *Juan Marsé*
P1280. N'entre pas si vite dans cette nuit noire
António Lobo Antunes
P1281. L'Évangile selon saint Loubard, *Guy Gilbert*
P1282. La Femme qui attendait, *Andreï Makine*
P1283. Les Candidats, *Yun Sun Limet*
P1284. Petit traité de désinvolture, *Denis Grozdanovitch*
P1285. Personne, *Linda Lê*
P1286. Sur la photo, *Marie-Hélène Lafon*
P1287. Le Mal du pays, *Patrick Roegiers*
P1288. Politique, *Adam Thirlwell*
P1289. Érec et Énide, *Manuel Vázquez Montalbán*
P1290. La Dormeuse de Naples, *Adrien Goetz*
P1291. Le croque-mort a la vie dure, *Tim Cockey*
P1292. Pretty Boy, *Lauren Henderson*
P1293. La Vie sexuelle en France, *Janine Mossuz-Lavau*
P1294. Souvenirs obscurs d'un Juif polonais né en France
Pierre Goldman
P1295. Dans l'alcool, *Thierry Vimal*
P1296. Le Monument, *Claude Duneton*
P1297. Mon nerf, *Rachid Djaïdani*
P1298. Plutôt mourir, *Marcello Fois*
P1299. Les pingouins n'ont jamais froid, *Andreï Kourkov*
P1300. La Mitrailleuse d'argile, *Viktor Pelevine*
P1301. Un été à Baden-Baden, *Leonid Tsypkin*
P1302. Hasard des maux, *Kate Jennings*
P1303. Le Temps des erreurs, *Mohammed Choukri*
P1304. Boumkœur, *Rachid Djaïdani*
P1305. Vodka-Cola, *Irina Denejkina*
P1306. La Lionne blanche, *Henning Mankell*
P1307. Le Styliste, *Alexandra Marinina*
P1308. Pas d'erreur sur la personne, *Ed Dee*
P1309. Le Casseur, *Walter Mosley*

P1310. Le Dernier Ami, *Tahar Ben Jelloun*
P1311. La Joie d'Aurélie, *Patrick Grainville*
P1312. L'Aîné des orphelins, *Tierno Monénembo*
P1313. Le Marteau pique-cœur, *Azouz Begag*
P1314. Les Âmes perdues, *Michael Collins*
P1315. Écrits fantômes, *David Mitchell*
P1316. Le Nageur, *Zsuzsa Bánk*
P1317. Quelqu'un avec qui courir, *David Grossman*
P1318. L'Attrapeur d'ombres, *Patrick Bard*
P1319. Venin, *Saneh Sangsuk*
P1320. Le Gone du Chaâba, *Azouz Begag*
P1321. Béni ou le Paradis privé, *Azouz Begag*
P1322. Mésaventures du Paradis
Erik Orsenna et Bernard Matussière
P1323. L'Âme au poing, *Patrick Rotman*
P1324. Comedia Infantil, *Henning Mankell*
P1325. Niagara, *Jane Urquhart*
P1326. Une amitié absolue, *John le Carré*
P1327. Le Fils du vent, *Henning Mankell*
P1328. Le Témoin du mensonge, *Mylène Dressler*
P1329. Pelle le Conquérant 1, *Martin Andersen Nexø*
P1330. Pelle le Conquérant 2, *Martin Andersen Nexø*
P1331. Mortes-eaux, *Donna Leon*
P1332. Déviances mortelles, *Chris Mooney*
P1333. Les Naufragés du Batavia, *Simon Leys*
P1334. L'Amandière, *Simonetta Agnello Hornby*
P1335. C'est en hiver que les jours rallongent, *Joseph Bialot*
P1336. Cours sur la rive sauvage, *Mohammed Dib*
P1337. Hommes sans mère, *Hubert Mingarelli*
P1338. Reproduction non autorisée, *Marc Vilrouge*
P1339. S.O.S., *Joseph Connolly*
P1340. Sous la peau, *Michel Faber*
P1341. Dorian, *Will Self*
P1342. Le Cadeau, *David Flusfeder*
P1343. Le Dernier Voyage d'Horatio II, *Eduardo Mendoza*
P1344. Mon vieux, *Thierry Jonquet*
P1345. Lendemains de terreur, *Lawrence Block*
P1346. Déni de justice, *Andrew Klavan*
P1347. Brûlé, *Leonard Chang*
P1348. Montesquieu, *Jean Lacouture*
P1349. Stendhal, *Jean Lacouture*
P1350. Le Collectionneur de collections, *Henri Cueco*
P1351. Camping, *Abdelkader Djemaï*
P1352. Janice Winter, *Rose-Marie Pagnard*
P1353. La Jalousie des fleurs, *Ysabelle Lacamp*
P1354. Ma vie, son œuvre, *Jacques-Pierre Amette*

P1355. Lila, Lila, *Martin Suter*
P1356. Un amour de jeunesse, *Ann Packer*
P1357. Mirages du Sud, *Nedim Gürsel*
P1358. Marguerite et les Enragés
Jean-Claude Lattès et Éric Deschodt
P1359. Los Angeles River, *Michael Connelly*
P1360. Refus de mémoire, *Sarah Paretsky*
P1361. Petite musique de meurtre, *Laura Lippman*
P1362. Le Cœur sous le rouleau compresseur, *Howard Buten*
P1363. L'Anniversaire, *Mouloud Feraoun*
P1364. Passer l'hiver, *Olivier Adam*
P1365. L'Infamille, *Christophe Honoré*
P1366. La Douceur, *Christophe Honoré*
P1367. Des gens du monde, *Catherine Lépront*
P1368. Vent en rafales, *Taslima Nasreen*
P1369. Terres de crépuscule, *J.M. Coetzee*
P1370. Lizka et ses hommes, *Alexandre Ikonnikov*
P1371. Le Châle, *Cynthia Ozick*
P1372. L'Affaire du Dahlia noir, *Steve Hodel*
P1373. Premières armes, *Faye Kellerman*
P1374. Onze jours, *Donald Harstad*
P1375. Le croque-mort préfère la bière, *Tim Cockey*
P1376. Le Messie de Stockholm, *Cynthia Ozick*
P1377. Quand on refuse on dit non, *Ahmadou Kourouma*
P1378. Une vie française, *Jean-Paul Dubois*
P1379. Une année sous silence, *Jean-Paul Dubois*
P1380. La Dernière Leçon, *Noëlle Châtelet*
P1381. Folle, *Nelly Arcan*
P1382. La Hache et le Violon, *Alain Fleischer*
P1383. Vive la sociale !, *Gérard Mordillat*
P1384. Histoire d'une vie, *Aharon Appelfeld*
P1385. L'Immortel Bartfuss, *Aharon Appelfeld*
P1386. Beaux seins, belles fesses, *Mo Yan*
P1387. Séfarade, *Antonio Muñoz Molina*
P1388. Le Gentilhomme au pourpoint jaune
Arturo Pérez-Reverte
P1389. Ponton à la dérive, *Daniel Katz*
P1390. La Fille du directeur de cirque, *Jostein Gaarder*
P1391. Pelle le Conquérant 3, *Martin Andersen Nexø*
P1392. Pelle le Conquérant 4, *Martin Andersen Nexø*
P1393. Soul Circus, *George P. Pelecanos*
P1394. La Mort au fond du canyon, *C. J. Box*
P1395. Recherchée, *Karin Alvtegen*
P1396. Disparitions à la chaîne, *Åke Smedberg*
P1397. Bardo or not Bardo, *Antoine Volodine*
P1398. La Vingt-Septième Ville, *Jonathan Franzen*

P1399. Pluie, *Kirsty Gunn*
P1400. La Mort de Carlos Gardel, *António Lobo Antunes*
P1401. La Meilleure Façon de grandir, *Meir Shalev*
P1402. Les Plus Beaux Contes zen, *Henri Brunel*
P1403. Le Sang du monde, *Catherine Clément*
P1404. Poétique de l'égorgeur, *Philippe Ségur*
P1405 La Proie des âmes, *Matt Ruff*
P1406. La Vie invisible, *Juan Manuel de Prada*
P1407. Qu'elle repose en paix, *Jonathan Kellerman*
P1408. Le Croque-mort à tombeau ouvert, *Tim Cockey*
P1409. La Ferme des corps, *Bill Bass*
P1410. Le Passeport, *Azouz Begag*
P1411. La station Saint-Martin est fermée au public *Joseph Bialot*
P1412. L'Intégration, *Azouz Begag*
P1413. La Géométrie des sentiments, *Patrick Roegiers*
P1414. L'âme du chasseur, *Deon Meyer*
P1415. La Promenade des délices, *Mercedes Deambrosis*
P1416. Un après-midi avec Rock Hudson *Mercedes Deambrosis*
P1417. Ne gênez pas le bourreau, *Alexandra Marinina*
P1418. Verre cassé, *Alain Mabanckou*
P1419. African Psycho, *Alain Mabanckou*
P1420. Le Nez sur la vitre, *Abdelkader Djemaï*
P1421. Gare du Nord, *Abdelkader Djemaï*
P1422. Le Chercheur d'Afriques, *Henri Lopes*
P1423. La Rumeur d'Aquitaine, *Jean Lacouture*
P1424. Une soirée, *Anny Duperey*
P1425. Un saut dans le vide, *Ed Dee*
P1426. En l'absence de Blanca, *Antonio Muñoz Molina*
P1427. La Plus Belle Histoire du bonheur, *collectif*
P1429. Comment c'était. Souvenirs sur Samuel Beckett *Anne Atik*
P1430. Suite à l'hôtel Crystal, *Olivier Rolin*
P1431. Le Bon Serviteur, *Carmen Posadas*
P1432. Traité de savoir-vivre à l'usage des jeunes Russes *Gary Shteyngart*
P1433. C'est égal, *Agota Kristof*
P1434. Le Nombril des femmes, *Dominique Quessada*
P1435. L'Enfant à la luge, *Chris Mooney*
P1436. Encres de Chine, *Qiu Xiaolong*
P1437. Enquête de mor(t)alité, *Gene Riehl*
P1438. Le Château du Roi Dragon. La Saga du Roi Dragon I *Stephen Lawhead*
P1439. Les Armes des Garamont. La Malerune I *Pierre Grimbert*

P1440. Le Prince déchu. Les Enfants de l'Atlantide I
Bernard Simonay
P1441. Le Voyage d'Hawkwood. Les Monarchies divines I
Paul Kearney
P1442. Un trône pour Hadon. Le Cycle d'Opar I
Philip-José Farmer
P1443. Fendragon, *Barbara Hambly*
P1444. Les Brigands de la forêt de Skule, *Kerstin Ekman*
P1445. L'Abîme, *John Crowley*
P1446. Œuvre poétique, *Léopold Sédar Senghor*
P1447. Cadastre, *suivi de* Moi, laminaire…, *Aimé Césaire*
P1448. La Terre vaine et autres poèmes, *Thomas Stearns Eliot*
P1449. Le Reste du voyage et autres poèmes, *Bernard Noël*
P1450. Haïkus, *anthologie*
P1451. L'Homme qui souriait, *Henning Mankell*
P1452. Une question d'honneur, *Donna Leon*
P1453. Little Scarlet, *Walter Mosley*
P1454. Elizabeth Costello, *J.M. Coetzee*
P1455. Le maître a de plus en plus d'humour, *Mo Yan*
P1456. La Femme sur la plage avec un chien, *William Boyd*
P1457. Accusé Chirac, levez-vous !, *Denis Jeambar*
P1458. Sisyphe, roi de Corinthe. Le Châtiment des Dieux I
François Rachline
P1459. Le Voyage d'Anna, *Henri Gougaud*
P1460. Le Hussard, *Arturo Pérez-Reverte*
P1461. Les Amants de pierre, *Jane Urquhart*
P1462. Corcovado, *Jean-Paul Delfino*
P1463. Hadon, le guerrier. Le Cycle d'Opar II
Philip José Farmer
P1464. Maîtresse du Chaos. La Saga de Raven I
Robert Holdstock et Angus Wells
P1465. La Sève et le Givre, *Léa Silhol*
P1466. Élégies de Duino *suivi de* Sonnets à Orphée
Rainer Maria Rilke
P1467. Rilke, *Philippe Jaccottet*
P1468. C'était mieux avant, *Howard Buten*
P1469. Portrait du Gulf Stream, *Érik Orsenna*
P1470. La Vie sauve, *Lydie Violet et Marie Desplechin*
P1471. Chicken Street, *Amanda Sthers*
P1472. Polococktail Party, *Dorota Maslowska*
P1473. Football factory, *John King*
P1474. Une petite ville en Allemagne, *John le Carré*
P1475. Le Miroir aux espions, *John le Carré*
P1476. Deuil interdit, *Michael Connelly*
P1477. Le Dernier Testament, *Philip Le Roy*
P1478. Justice imminente, *Jilliane Hoffman*

P1479. Ce cher Dexter, *Jeff Lindsay*
P1480. Le Corps noir, *Dominique Manotti*
P1481. Improbable, *Adam Fawer*
P1482. Les Rois hérétiques. Les Monarchies divines II
Paul Kearney
P1483. L'Archipel du soleil. Les Enfants de l'Atlantide II
Bernard Simonay
P1484. Code Da Vinci : l'enquête
Marie-France Etchegoin et Frédéric Lenoir
P1485. L.A. confidentiel : les secrets de Lance Armstrong
Pierre Ballester et David Walsh
P1486. Maria est morte, *Jean-Paul Dubois*
P1487. Vous aurez de mes nouvelles, *Jean-Paul Dubois*
P1488. Un pas de plus, *Marie Desplechin*
P1489. D'excellente famille, *Laurence Deflassieux*
P1490. Une femme normale, *Émilie Frèche*
P1491. La Dernière Nuit, *Marie-Ange Guillaume*
P1492. Le Sommeil des poissons, *Véronique Ovaldé*
P1493. La Dernière Note, *Jonathan Kellerman*
P1494. La Cité des Jarres, *Arnaldur Indridason*
P1495. Électre à La Havane, *Leonardo Padura*
P1496. Le croque-mort est bon vivant, *Tim Cockey*
P1497. Le Cambrioleur en maraude, *Lawrence Block*
P1498. L'Araignée d'émeraude. La Saga de Raven II
Robert Holdstock et Angus Wells
P1499. Faucon de mai, *Gillian Bradshaw*
P1500. La Tante marquise, *Simonetta Agnello Hornby*
P1501. Anita, *Alicia Dujovne Ortiz*
P1502. Mexico City Blues, *Jack Kerouac*
P1503. Poésie verticale, *Roberto Juarroz*
P1506. Histoire de Rofo, clown, *Howard Buten*
P1507. Manuel à l'usage des enfants qui ont des parents difficiles
Jeanne Van den Brouk
P1508. La Jeune Fille au balcon, *Leïla Sebbar*
P1509. Zenzela, *Azouz Begag*
P1510. La Rébellion, *Joseph Roth*
P1511. Falaises, *Olivier Adam*
P1512. Webcam, *Adrien Goetz*
P1513. La Méthode Mila, *Lydie Salvayre*
P1514. Blonde abrasive, *Christophe Paviot*
P1515. Les Petits-Fils nègres de Vercingétorix, *Alain Mabanckou*
P1516. 107 ans, *Diastème*
P1517. La Vie magnétique, *Jean-Hubert Gailliot*
P1518. Solos d'amour, *John Updike*
P1519. Les Chutes, *Joyce Carol Oates*
P1520. Well, *Matthieu McIntosh*

P1521. À la recherche du voile noir, *Rick Moody*
P1522. Train, *Pete Dexter*
P1523. Avidité, *Elfriede Jelinek*
P1524. Retour dans la neige, *Robert Walser*
P1525. La Faim de Hoffman, *Leon De Winter*
P1526. Marie-Antoinette, la naissance d'une reine. Lettres choisies, *Évelyne Lever*
P1527. Les Petits Verlaine *suivi de* Samedi, dimanche et fêtes *Jean-Marc Roberts*
P1528. Les Seigneurs de guerre de Nin. *La Saga du Roi Dragon* II *Stephen Lawhead*
P1529. Le Dire des Sylfes. La Malerune II *Michel Robert et Pierre Grimbert*
P1530. Le Dieu de glace. La Saga de Raven III *Robert Holdstock et Angus Wells*
P1531. Un bon cru, *Peter Mayle*
P1532. Confessions d'un boulanger, *Peter Mayle et Gérard Auzet*
P1533. Un poisson hors de l'eau, *Bernard Comment*
P1534. Histoire de la Grande Maison, *Charif Majdalani*
P1535. La Partie belle *suivi de* La Comédie légère *Jean-Marc Roberts*
P1536. Le Bonheur obligatoire, *Norman Manea*
P1537. Les Larmes de ma mère, *Michel Layaz*
P1538. Tant qu'il y aura des élèves, *Hervé Hamon*
P1539. Avant le gel, *Henning Mankell*
P1540. Code 10, *Donald Harstad*
P1541. Les Nouvelles Enquêtes du juge Ti, vol. 1 Le Château du lac Tchou-An, *Frédéric Lenormand*
P1542. Les Nouvelles Enquêtes du juge Ti, vol. 2 La Nuit des juges, *Frédéric Lenormand*
P1543. Que faire des crétins ? Les perles du Grand Larousse *Pierre Enckell et Pierre Larousse*
P1544. Motamorphoses. À chaque mot son histoire *Daniel Brandy*
P1545. L'habit ne fait pas le moine. Petite histoire des expressions *Gilles Henry*
P1546. Petit fictionnaire illustré. Les mots qui manquent au dico *Alain Finkielkraut*
P1547. Le Pluriel de bric-à-brac et autres difficultés de la langue française, *Irène Nouailhac*
P1548. Un bouquin n'est pas un livre. Les nuances des synonymes *Rémi Bertrand*
P1549. Sans nouvelles de Gurb, *Eduardo Mendoza*
P1550. Le Dernier Amour du président, *Andreï Kourkov*
P1551. L'Amour, soudain, *Aharon Appelfeld*
P1552. Nos plus beaux souvenirs, *Stewart O'Nan*

P1553. Saint-Sépulcre !, *Patrick Besson*
P1554. L'Autre comme moi, *José Saramago*
P1555. Pourquoi Mitterrand ?, *Pierre Joxe*
P1556. Pas si fous ces Français !
Jean-Benoît Nadeau et Julie Barlow
P1557. La Colline des Anges
Jean-Claude Guillebaud et Raymond Depardon
P1558. La Solitude heureuse du voyageur
précédé de Notes, *Raymond Depardon*
P1559. Hard Revolution, *George P. Pelecanos*
P1560. La Morsure du lézard, *Kirk Mitchell*
P1561. Winterkill, *C. J. Box*
P1562. La Morsure du dragon, *Jean-François Susbielle*
P1563. Rituels sanglants, *Craig Russell*
P1564. Les Écorchés, *Peter Moore Smith*
P1565. Le Crépuscule des géants. Les Enfants de l'Atlantide III
Bernard Simonay
P1566. Aara. Aradia I, *Tanith Lee*
P1567. Les Guerres de fer. Les Monarchies divines III
Paul Kearney
P1568. La Rose pourpre et le Lys, tome 1, *Michel Faber*
P1569. La Rose pourpre et le Lys, tome 2, *Michel Faber*
P1570. Sarnia, *G.B. Edwards*
P1571. Saint-Cyr/La Maison d'Esther, *Yves Dangerfield*
P1572. Renverse du souffle, *Paul Celan*
P1573. Pour un tombeau d'Anatole, *Stéphane Mallarmé*
P1574. 95 poèmes, *E.E. Cummings*
P1575. Le Dico des mots croisés.
8 000 définitions pour devenir imbattable, *Michel Laclos*
P1576. Les deux font la paire.
Les couples célèbres dans la langue française, *Patrice Louis*
P1577. C'est la cata. Petit manuel du français maltraité
Pierre Bénard
P1578. L'Avortement, *Richard Brautigan*
P1579. Les Braban, *Patrick Besson*
P1580. Le Sac à main, *Marie Desplechin*
P1581. Nouvelles du monde entier, *Vincent Ravalec*
P1582. Le Sens de l'arnaque, *James Swain*
P1583. L'Automne à Cuba, *Leonardo Padura*
P1584. Le Glaive et la Flamme. La Saga du Roi Dragon III
Stephen Lawhead
P1585. La Belle Arcane. La Malerune III
Michel Robert et Pierre Grimbert
P1586. Femme en costume de bataille, *Antonio Benitez-Rojo*
P1587. Le Cavalier de l'Olympe. Le Châtiment des Dieux II
François Rachline

P1588. Le Pas de l'ourse, *Douglas Glover*
P1589. Lignes de fond, *Neil Jordan*
P1590. Monsieur Butterfly, *Howard Buten*
P1591. Parfois je ris tout seul, *Jean-Paul Dubois*
P1592. Sang impur, *Hugo Hamilton*
P1593. Le Musée de la sirène, *Cypora Petitjean-Cerf*
P1594. Histoire de la gauche caviar, *Laurent Joffrin*
P1595. Les Enfants de chœur (Little Children), *Tom Perrotta*
P1596. Les Femmes politiques, *Laure Adler*
P1597. La Preuve par le sang, *Jonathan Kellerman*
P1598. La Femme en vert, *Arnaldur Indridason*
P1599. Le Che s'est suicidé, *Petros Markaris*
P1600. Les Nouvelles Enquêtes du juge Ti, vol. 3
Le Palais des courtisanes, *Frédéric Lenormand*
P1601. Trahie, *Karin Alvtegen*
P1602. Les Requins de Trieste, *Veit Heinichen*
P1603. Pour adultes seulement, *Philip Le Roy*
P1604. Offre publique d'assassinat, *Stephen W. Frey*
P1605. L'Heure du châtiment, *Eileen Dreyer*
P1606. Aden, *Anne-Marie Garat*
P1607. Histoire secrète du Mossad, *Gordon Thomas*
P1608. La Guerre du paradis. Le Chant d'Albion I
Stephen Lawhead
P1609. La Terre des Morts. Les Enfants de l'Atlantide IV
Bernard Simonay
P1610. Thenser. Aradia II, *Tanith Lee*
P1611. Le Petit Livre des gros câlins, *Kathleen Keating*
P1612. Un soir de décembre, *Delphine de Vigan*
P1613. L'Amour foudre, *Henri Gougaud*
P1614. Chaque jour est un adieu *suivi de* Un jeune homme est passé
Alain Rémond
P1615. Clair-obscur, *Jean Cocteau*
P1616. Chihuahua, zébu et Cie.
L'étonnante histoire des noms d'animaux
Henriette Walter et Pierre Avenas
P1617. Les Chaussettes de l'archiduchesse et autres défis
de la prononciation
Julos Beaucarne et Pierre Jaskarzec
P1618. My rendez-vous with a femme fatale.
Les mots français dans les langues étrangères
Franck Resplandy
P1619. Seulement l'amour, *Philippe Ségur*
P1620. La Jeune Fille et la Mère, *Leïla Marouane*
P1621. L'Increvable Monsieur Schneck, *Colombe Schneck*
P1622. Les Douze Abbés de Challant, *Laura Mancinelli*
P1623. Un monde vacillant, *Cynthia Ozick*

P1624. Les Jouets vivants, *Jean-Yves Cendrey*
P1625. Le Livre noir de la condition des femmes
Christine Ockrent (dir.)
P1626. Comme deux frères, *Jean-François Kahn et Axel Kahn*
P1627. Equador, *Miguel Sousa Tavares*
P1628. Du côté où se lève le soleil, *Anne-Sophie Jacouty*
P1629. L'Affaire Hamilton, *Michelle De Kretser*
P1630. Une passion indienne, *Javier Moro*
P1631. La Cité des amants perdus, *Nadeem Aslam*
P1632. Rumeurs de haine, *Taslima Nasreen*
P1633. Le Chromosome de Calcutta, *Amitav Ghosh*
P1634. Show business, *Shashi Tharoor*
P1635. La Fille de l'arnaqueur, *Ed Dee*
P1636. En plein vol, *Jan Burke*
P1637. Retour à la Grande Ombre, *Hakan Nesser*
P1638. Wren. Les Descendants de Merlin I, *Irene Radford*
P1639. Petit manuel de savoir-vivre à l'usage des enseignants
Boris Seguin, Frédéric Teillard
P1640. Les Voleurs d'écritures *suivi de* Les Tireurs d'étoiles
Azouz Begag
P1641. L'Empreinte des dieux. Le Cycle de Mithra I
Rachel Tanner
P1642. Enchantement, *Orson Scott Card*
P1643. Les Fantômes d'Ombria, *Patricia A. McKillip*
P1644. La Main d'argent. Le Chant d'Albion II
Stephen Lawhead
P1645. La Quête de Nifft-le-mince, *Michael Shea*
P1646. La Forêt d'Iscambe, *Christian Charrière*
P1647. La Mort du Nécromant, *Martha Wells*
P1648. Si la gauche savait, *Michel Rocard*
P1649. Misère de la Ve République, *Bastien François*
P1650. Photographies de personnalités politiques
Raymond Depardon
P1651. Poèmes païens de Alberto Caeiro et Ricardo Reis
Fernando Pessoa
P1652. La Rose de personne, *Paul Celan*
P1653. Caisse claire, poèmes 1990-1997, *Antoine Emaz*
P1654. La Bibliothèque du géographe, *Jon Fasman*
P1655. Parloir, *Christian Giudicelli*
P1656. Poils de Cairote, *Paul Fournel*
P1657. Palimpseste, *Gore Vidal*
P1658. L'Épouse hollandaise, *Eric McCormack*
P1659. Ménage à quatre, *Manuel Vázquez Montalbán*
P1660. Milenio, *Manuel Vázquez Montalbán*
P1661. Le Meilleur de nos fils, *Donna Leon*
P1662. Adios Hemingway, *Leonardo Padura*